文
景

Horizon

社科新知　文艺新潮

述而批评丛书　第二辑

漫游与追迹

丁茜菡　著

上海人民出版社

上海文学批评的青年力量
——述而批评丛书第二辑序

新的时代发展引领文学创作的转换，青年作家、批评家如何面对时代变化中的价值和精神问题，如何以创作和批评的方式发出青年一代的铿锵之音，文学在深度参与现代化建设时，如何在文学创作和文学批评上引领潮流、创新方法、更新观念，更好地在中国式现代化中发挥文化的作用，这是批评面临的新责任。

习近平总书记高度重视文艺评论的社会功能，强调："要加强和改进文艺理论和评论工作，褒优贬劣，激浊扬清，更加有效地引导创作、推出精品、提高审美、引领风尚。"上海的文学批评一直有非常好的传统，涌现出一大批具有全国影响力的评论家，引领时代风气，积极参与并带动了中国当代文学的进程。斗转星移，薪火相传，述而后作，传承创新。新时代以来，上海出现一批年轻的文学评论新人。2018年，上海作协积极推动"述而"批评丛书的出版，集中推出11名出色文学批评家的作品，引起社会关注。把青年新力量的队伍吸纳进来，文学批评新力量会迎来很大的转机。如今上海又一批年轻的文学批评新人脱颖而出，有的是作协成员，有的是高校教师，有的是媒体中坚。为进一步加强上海青年评论家的影响、培养上海青年评论家队伍，我们继续推动“述而”青年批评家丛书的出版，希望聚集目前上海最具影响力和潜能的年轻批评写作者，精选每一位作者最有代表性的文学批评文章，再推出一套能够全面反映当下上海青年文学评论整体风貌的精品文集，集中展示这一批评家群体的成就和风采，也展示上海文学批评的新发展与新收获。从中我们可以看到，上海青年批评者正在新的科技基座上思考人文，推动人文，书写当下，思考未来，努力做时代的同路人与风向标，对新兴的文学现象进行客观判断，展开有效批评，提出前瞻建议，发出与时代息息相关的声音。

批评随时代而变。当代文坛，创作繁荣，色彩斑斓。塑造当代文学格局的，不仅有风格各异的传统文学期刊，更有引领青年创作风尚的新锐杂志；不仅有传统文学及其出版机构，网络世界的文学平台则更加丰富多样，自媒体、文学社区、网络文学网站等，共同组合出当下文学版图的样貌。随着网络文学的繁荣和网剧等新的艺术题材的兴起，第二辑“述而”批评丛书跟第一辑一个很大的不同，是除了收入传统的文学批评文章，还有意收入了网络文学及泛文学（如电影、电视剧、网剧等）批评的相关作品，在重视传统文学批评的同时，引导读者关注和思考网络文学和泛文学的发展，为日新月异的艺术发展提供有益的参考。

文学的创造性转化和创新性发展需要广大文学工作者的共同努力，青年批评家勾连现在与未来，是最具有潜力的创造性力量。在现代性进程内部有效改造中国传统文论，走出书斋的象牙塔，迈向时代的十字路口，走出内循环的舒适区，在世界性的合唱中加入中国批评的声音，亟待我们直面与践行。“述而”批评丛书第二辑的出版是这份共同努力的一部分，希望能取得有益的社会效果。在新时代的引领下，上海文学具有更加开放创新、流动多元、跨界共融以及面向世界的品质，我们要用全球视野重新认识和深刻把握脚下的热土，进一步深入生活、扎根人民，用文学的方式书写上海改革开放波澜壮阔的生动实践。未来我们将进一步促进创作、打造精品，用系统的观念全面梳理和构建中国式现代化的文学话语和叙事体系，继续赋能文学、提升价值，向广大人民群众提供高品质的文学供给，为推进中国式现代化书写文学篇章、贡献青年力量。

上海市作家协会党组书记、专职副主席

马文运

目录

第二辑

第三辑

第一辑

正向展合与反向回卷
——格非《望春风》的“手卷”结构

一、“手卷”的展合与回卷

中国画中有一种叫作“手卷”的特殊形式。欣赏“手卷”时，用两手横向来展合画卷，一手将画卷展开到作者明示或暗示的边界处，另一手将先前展开欣赏的那部分合起，在一展一合的操作中到达作者预先框定的范围，欣赏画作。“手卷”一般只有30到50厘米的高度，与总宽度形成鲜明对比。如《清明上河图》长528厘米，高度仅为24.8厘米，对比非常强烈。

芝加哥大学讲席教授巫鸿先生又称“手卷”为“移动的画面”。他强调在正序欣赏完“手卷”内容后，反向卷回“手卷”的过程。他认为此过程，不仅有回味，并可能由于最后一页的推动而形成一种新的阅读顺序。这种设计并非巧合，而是经过了“手卷”创作者的预设。

格非的小说《望春风》[1]，少见地具有类似中国画“手卷”的安排方式。虽然小说中出现的人物有几十个，部分人物的血缘关系历经四代，但故事基本都发生在儒里赵村“30到50厘米高”的一方天地。这符合“手卷”纵深的特点。

《望春风》不仅通过“手卷”的形式给以正向的展合，在展合间把握每次读者视野所见的范围；小说家有意在结尾给出的信息，还给读者以反向回卷“手卷”的动力。在“手卷”的“正向展合”（作者操作）与“反向回卷”（读者操作）中，可以欣赏到各异的内容。反向回卷时，伴随着先前的疑问，文本的更深层次打开了，并使读者产生多次打开“手卷”去印证观点的诉求。

《望春风》“手卷”还与更多的场域形成互动，在文本之外，创造了作者自我认识、现代线性时间、读者碎片生活方面的回卷现象。

二、心理结构上的“手卷”

（一）正向展合：从宁静到失落

“手卷”的展合中，画面由宁静的乡村景致向失落人物的画像过渡，表现了“我”心理上从期盼母亲到失去家园的变化，

[1] 格非：《望春风》，南京：译林出版社，2016年。本文对这部作品的引用，依据此版本，在文中标出页码。

也描绘出了整个村子中家园的失落。

1. 具有黏性和张力的宁静

格非的“手卷”首先有宁静美丽的乡村景致。从小说第一页开始，“我”和“父亲”就行走在苏南乡间土地上。格非是江苏丹徒人，《望春风》中故乡景色的描摹，简直信手拈来。苏南乡村湿冷的冬日、撩人的春风，被准确传递到读者眼前。读者与小说中的“我”同行，便于“手卷”收放间游走在画卷中。

与景色形成反差的是青少年“我”的糟糕处境。在儒里赵村，“我”常因没有母亲而受到嘲弄，从小在嫂子及一些村民的蔑视、欺凌中长大，又经受了父亲的自杀。虽然常有好心村民接济，到了婚龄的“我”，还是处于没有资格娶媳妇的地位。在读者看来，应该说，“我”在村里的生活是不幸的。但在“我”的回忆中，这个并不“桃花源”的村庄里如此宁静美好，乃至成为“我”要守候一生的地方。

如何解释这样的矛盾？格非的个人情感固然影响到对景色描写的选择、家乡情感的取向，但更为重要的是，格非构造的传统乡村具有黏性和张力，能够包容和消解苦痛，使景色成为情绪的表达。

首先，对幼年的“我”来说，乡村的景致陪伴了“我”和父亲的旧日时光，父子间其乐融融的画面被这里一草一木记录下来。乡村景致中父子的温馨回忆，对后来父母离世的“我”而言，尤为可贵。

其次，相对外面陌生变幻的世界，儒里赵村虽然并不极乐，但是“我”熟悉的家。虽有现代的侵袭，幼小的“我”在亲密关系的保护和乡村安稳的成长环境中得到惬意、安适。即使“我”遭遇外来的伤害，人生内里的底色是平静的。这也与后来“我”的漂泊无依形成巨大反差。

再者，相较之后的“礼崩乐坏”，此时的儒里赵村尚存基本的道德，大部分村民以礼相待，还有好心的老福奶奶等人怜爱着“我”。因此，“我”在父亲自缢身亡的痛苦与恐惧下“仍然能够感觉到天地的清明、周正和庄严”（第95页）。村里人虽然为各自私利明争暗斗，但基本持有“死者为大”的观念，对“孤儿”有同情之心。少年时代，这样的大环境抵御了嫂子等人对“我”的伤害。

传统乡村，用宁静的黏性与张力，包容了“我”青少年时代所受的伤害，牢牢吸引了“我”。乡村宁静景色的画面中，饱含着“我”宁静而略带哀愁的情绪。

2. 时代中的变化，春风中的失落

村庄中一直有大时代的影子。1950年农会主席的推选，即暗示着乡村在被现代的生产方式与其背后的思想观念侵蚀。“手卷”展合间，变化陡然变快，八十年代中期，原本热闹的村庄变为无人之地，第四章“我”和春琴回到了儒里赵村，传统的底色又重现。然而，“我们”一瞬的美好依靠的是赵礼平资金链的断裂，是地产开发的暂停。这使得家园的脆弱更加清晰。“我们”是回不去的。

如果说小说中的物还剩下什么久远的，就是小说题目中的“春风”了。小说的倒数第二页，“我”望遍东南西北，“只有春风在那里吹着”（第392页）。

小说中，春风与“我”的母亲有莫大关系。首先，小时候，“我”梦见母亲的话语和面容，都被“四月的熏风给吹得没影了”（第75页）。其次，我把从他人身上得到的每一点温暖，都编织到对母亲的想象中去。再者，老福奶奶和唐文宽跟“我”说，母亲会在春天回来。结果是，与母亲见面落空。

生母的决定如同春风的作用，将“我”强行移置到新的空间。1977年，“我”告别矮墙上写有“八字宪法”标语的农村。被错置的“我”很快失去归属感。随着祖屋被占，“我跟家乡之间的最后一点联络也被切断了”（第257页）。春风中，我既望不到母亲，又望不到家乡。

作者不仅展合了“我”的流浪，更写整个村庄的瓦解。随着“手卷”展合，在每一幅通过“我”获得的“余闻”中可以发现，“我们”这群人都经历了这种失落。村民们被赵礼平从村庄上拔起，从此无根地漂泊离散。

春风中等待母亲的失落，不止发生在“我”身上，更发生在村里的“我们”身上，发生在现实的当下。在别人的时代中，“我们”被边缘化、排除出局、流离失所。在这个层面上，“母亲”“春风”具有了象征意义。春风始终没有带来希望，流亡者在春风中期盼，在春风中失落。

（二）反向回卷：从个体到家园

“手卷”正向展合过程中有意给读者以错觉，让读者将文本期待放在“我”的家庭源流上。最后一章里，读者才清楚意识到，情感的重点其实一直是怀念家园，而非对个体历史的好奇。这种心理的转折带来震撼。读者重新做情感的理解，开始回卷。通过回卷，“我”和《望春风》读者的家园，一同在精神世界中复苏。

1. 从乱绪到豁然开朗

从“我”为读者“讲述”往事来看，《望春风》似乎是一本“我”的回忆录。这就涉及“我”的来路，需要上溯到“我”的父亲和母亲。《望春风》中对二者的交代并不清晰，而是由读者不断猜测和梳理。

萨义德在《开端：意图与方法》中认为作品的“开始”带有确定的意图和方法。《望春风》的第一章第一节是父亲带着“我”去邻村“走差”，通过“算命”做成一件后来看来于己、于村都有利的事情。人物行走于作品，构建出儒里赵村的网络，但从效果来看，《望春风》“开始”的意图中，没有对“我”的“源流”的交代。而这也许正是作品“开始”中包含的一项意图。

回忆录的设置，及这些反复渲染的提示，引导读者对文本的发展方向产生预测，将接下来的故事预测想象为父亲、母亲的“源流”。父亲的自杀扑朔迷离；同样，母亲的离开原因和去向在第一、二章中呈众说纷纭、影影绰绰状。哪怕已开始阅读第三章第一节对母亲“章珠”过往的讲述，这样的思路仍然得到支持。“源流”的想象，还得到第三章部分村民历经四代血缘关系的支持。

将三、四章读完，才发现读者们追本溯源，“争渡，争渡，误入藕花深处”。小说是家园的回忆录，而非个人的回忆录；所关注的是儒里赵村这块家园，而非“我”的来路；心理上是对家园的怀念而非对个体历史的好奇。儒里赵村的人们活在了格非的“手卷”中。

2. 家园的浩荡复苏

虽然新村庄只在精神中发生，“手卷”中描绘过村庄中的过往会重新展开。时间将会回来，母亲将会回来，温情和秩序将会重现。

《望春风》全书结尾处对村庄复苏的描绘，还将引导读者对自身经验和时代共有经验的调动。由于自发的对内心深处村庄的回应，读者心中自己的村庄也会一并复苏。“我”和《望春风》读者的家园，一同在现实世界中失落，在精神世界中复苏。读者情绪上，精神家园开始复苏，点点滴滴，细微而又宏阔浩荡。

三、叙述结构上的“手卷”

（一）正向展合：速度的掌握

“手卷”中故事展合的速度掌握在作者手中，读者没有总览的可能，只听凭创作者的安排。这样的安排虽然情节刺激，但有冒犯读者的危险。格非用“画外音”的对话设置稳住了读者，解决了这个危机。

1. 刺激与危险并存

如果说乡野景色在氛围上是宁静延绵的，“手卷”展合中故事发生的速度则可以用移步换景来形容。

观“手卷”的人哪能预知第一章会分“走差”“半塘”“刀笔”“履霜坚冰至”“德正的新房”“天命靡常”“背起包，跟我跑”“妈妈”“预卜未来”和“便通庵”这些小节？《望春风》事情的篇幅，比小说的章节更短，为读者划出分明的停顿边界。在展合间，读者哪里料到第一章“父亲”之后，会有第二、三、四章？没有总览的可能，只听凭创作者的安排。除了比较左右卷的厚薄，读者又哪里能预卜故事的终点？观“手卷”的人茫然而又兴奋地站在格非的背后，他们的视线被限制在格非握着卷轴的双手形成的画框里，展合速度也由格非把握。即使急着知道谜底，画面也是一幅幅徐徐展开，任是着急不来。幸而“手卷”的每一面又都让观者流连。

在格非先前的《敌人》《人面桃花》《山河入梦》《春尽江南》等小说中，读者已多少领受过这样的待遇。这对初次阅读小说的人来说，十分具有吸引力。但其刺激作用也多在于初次阅读这部小说，读者处于极端弱势时。

此外，这种处理方式存在一定风险，让读者感到新鲜的同时，非常容易冒犯读者，让读者有被玩弄于股掌之上的感受。如此，怎样在过程中稳住读者的耐心，保持读者的信心，就显得尤为重要。格非在《望春风》中，采用的是“画外音”的对话方式。

2.“画外音”的设置

《望春风》虚拟“我”的回忆，强调“我”的作家和作者身份。“我”在小说中作为故事的亲历者，同时是讲述者。“我”具有两个意义上的双重视角：过去的和现在的，他方的和此地的。此地的过去的“我”经历故事，他方的现在的“我”回忆、对照、推测。现在的“我”比过去的“我”知道得更多。

这边厢小说家在“手卷”的展合中展示从那时“我”眼中看到的世界，那边厢文本中另一个“我”画外音般解释着：“你可以大致想象一下，……这可以解释……”（第9页）后来的“我”从文本一开始就保持着与读者的对话，故意间离了读者和文本，使得读者和后来的“我”一同面对“回忆录”。

作者对读者的心理把握是十分精准的。当读者通过他投放的信息量，找出线索，恍然大悟时，“我”并不给读者得意的机会，而是一切尽在掌握地说：“正如诸位已经知道的那样”（第212页）；“聪明的读者读到这里，多半已经猜到了其中的原由了吧。”（第47页）或是“现在，你应该知道了，……”（第7页）

对读者耐心的试探也始终在小说家的把握之中。“我”时不时抛出一些秘密，并告诉读者自己三四十年后找到了答案却不宣布这谜底，或者将几十年后的谜底抛出却不给缘由，使得读者在有限的线索中百爪挠心。这时候，体贴的话语，起到了缓和安抚的作用："亲爱的读者朋友，我相信诸位在阅读这本书的时候，随着情节的逐步展开，心里也许会出现这样一个疑团……"（第73页）就这样，读者带着旁逸斜出的好奇心被"我"牢牢拉回到文本，悬置着的那些"为什么"，得不到确凿的答案。

《望春风》中还通过多视点的叙事，用次要情节引出主要情节，时而引而不发，读者牢牢地被"我"、被作者掌控了。

（二）反向回卷：继续阅读的动力

《望春风》的叙述中，有三次"结尾"，前两次不是一般意义上的结尾。三次结尾给读者往回阅读的动力。

1. 少年的告别

《望春风》共四章，在《收获》杂志上刊载了前两章。时隔半年，《望春风》后两章才在大众视野中出现，其间有一个较长的休止。对《收获》期刊读者而言，"我"少年生活的结束是一次结尾。

前两章刊载结束，看"手卷"的人却不能一哄而散。因为第二章结尾处，小说家有意给出了毫无预警、堪称爆炸的信息。读者的好奇心被结尾突如其来的信息撑到最大，在头脑的飞快回溯中试图解答文本的秘密。这些信息与之前散落在长篇中的信息有着点点隐约的关系，却更存在着距离，需要仔细推敲，努力弥合，打破之前的观点，注意未曾注意之处。

就这样，小说家的手似乎暂时离开了“手卷”，《望春风》被交给了读者。由于好奇心的驱使，读者在小心翼翼回卷“手卷”的过程中，不断回忆、寻找。这是一次由后往前的展开。和先前不同，观“手卷”的人不期待速度了，不用再急着看新奇，可以随时说停，乃至耐心端详、前后比对。一种新的阅读顺序出现了。

将“手卷”回卷时，读者对小说中途给出信息的处理，由于得到了时间的缓冲而更加充分。也只有回卷和日后的回忆串联中，人物的网络格局才得以充分铺展联系，我们才能一一组合人物形象或是打破人物原有的形象后重建人物形象。

告别少年，留下回忆和线索。

2. 漫长的余闻

“余闻”可以作为漫长的第二次结尾，是因为“余闻”的内容是“我”余下的见闻。《望春风》第三章“余闻”中有17个小节，都以人名作为小节的标题。除母亲章珠、她的亲信孙耀庭以及“我”的同事沈祖英，其余的都是儒里赵村人。

前两章构建的复杂网络，在时代背景下，已变成只属于一个村庄的芝麻绿豆，人们散落在家园之外。但第三章“余闻”中关注的还是家园儒里赵村。第三章每小节回过头来，以标题中的人物故事为主，仔细交代当年村中隐情与近些年来他们的下落。

“余闻”的内容不可谓不详细，也不可谓不惊心。在“父亲”和“德正”两章的基础上，“余闻”通过后来的讲述，成为动力，使读者回过头来，理解或推翻之前的印象。回卷的发现改写了先前的故事。让读者在解谜获得真相的过程中产生更大的乐趣，以及更多的渴望。读者会在接下来的时间中，对某些线索突然恍然大悟，取小说家的“手卷”来印证，在展合查找间又得到新的线索与疑惑，乐此不疲。

“余闻”中，有漫长的理解或推翻。

3. 命名的终点

四章出版成书后，《望春风》有了最终的结尾，即这里所说的第三次结尾。

同彬夫妇将“我”和出院的春琴拉回改造过的便通庵居住，告诉春琴，这里是“世界的中心”。作者通过“我”带着读者重新审视这片土地，“我”从这里走出，又回到这里，在离开的日子里，“我”日夜思念这块故土。这块故土给“我”以精神滋养，可不是“世界的中心”嘛！只是此时，才真正被意识到，并得到命名。

在终点处，家园的中心地位才得到明确的承认，成为回卷的动力。“我”和春琴将“是这个新村庄的始祖”（第393页），“到了那个时候，大地复苏，万物各得其所。到了那个时候，所有活着和死去的人，都将重返时间的怀抱，各安其分”（第393页）。“手卷”回卷，我们可以看到，小说表面上往外引导，其实在聚焦，无论是外乡人、本地人，无论过往简单、复杂，亦无论时光流逝、时代变迁，故事的中心始终是儒里赵村——手卷“30到50厘米高”的天地。

终点，是命名与审视的开始。

四、“手卷”之外的回卷

在文本之外，还存在着相对独立的场域。《望春风》的“手卷”，还切入了文本之外的多个场域，构成更大的场域，引发更多个场域中的“振动”。

（一）作者人生的回卷

中国画中的人物，往往与作画者内心的自画像存在关联。《望春风》中最主要人物“我”的作家身份，以及“我”对家园的情感，都指向了格非本人。格非的“手卷”创作，观摩了自己过去的家园与生活经验，例如少年时候真实生活中的“水龙”。而“水龙”形象，不仅出现在《望春风》，还出现在他过去的创作中。《敌人》中隐匿的纵火者、外乡人，《山河入梦》中卖澡堂筹子的姚佩佩，《人面桃花》中的圆梦情节、教书情节……这些格非过去小说中的人物形象和情节，在《望春风》悉数登场。这些人物和情节是否出现于格非过去的生活中，是外人无从查起的。可以肯定的是，不管格非有意或无意重复过去作品中的构造，抑或对过去生活中的人物形象和情节深深着迷，都指向过去与自身牢固而复杂的关系。

在这个背景下，《望春风》本身便是格非人生的回卷，这里所说的人生包括了他的写作经历。格非通过作品的构造重新回到过去，接近了自我。格非曾引用艾略特的话评论《追根溯源》中的马尔克斯："我们所有的探寻的终结，将来到我们的出发之地。"[1]也曾在讨论《都柏林人》时引出卢卡奇所说："只有当主体从封存于记忆的过往生命流程中窥探出他整个人生的总体和谐，才能克服内心生活与外部世界的双重对立。"[2]二者，对在写作路上探求和人生路上行走的格非同样适用。

（二）人类线性时间的回卷

一般认为"手卷"形式在东汉时期已出现，至宋代起流行。区别于屏风、立轴、册页和扇，随着展合"手卷"物理时间的发生，"手卷"的观看中带有线性的时间顺序，"手卷"中便有了线性的时间意识。虽然回卷使得时间的流动方向得以改变，但并没有改变其线性的特点。

在很久之前的传统农耕社会里，时间是循环的，生命亦是循环的，不存在死亡与终结，这样的观念在我国《楚辞》、印度传说和芬兰神话中得到保留。春秋战国时期，"三不朽"的生命命题提出，说明循环的观念受到挑战，人们意识到时间的线性，开始思索怎样永恒。东汉末年《古诗十九首》中"人生寄一世，奄忽若飙尘"的哀伤，让令人心有戚戚。在东汉时期已出现并渐渐发展的"手卷"中，包含了线性时间观念，暗含了现代力

[1] 格非：《博尔赫斯的面孔》，南京：译林出版社，2014年，第157页。
[2] 同上，第273页。

量的崛起。

线性的时间中，不论是观念还是事物，不能跟上节奏线性向前的就会被现代摧残。格非感受到这种现代力量，并在小说中让“我”面对和看见了这种力量。村里人一直以为“我”结束少年时代后去城里，是天上掉馅饼。连春琴都说以后过不下去了来投靠“我”。当“我”观察孙耀庭、赵礼平的时候，“我”看到的是现代。孙耀庭为人虚伪，赵礼平肆意用钱收买一切，这是“我”看到的现代生活。他们符合现代生活的气质，在其中如鱼得水。整个中年阶段，“我”是现代中的一个稳固的失败者。“我”辗转更换工作，先后做过图书管理员、园林工人、出租司机、传达室人员等，“我”因车祸赔偿失去住处，最终一无所有。对儒里赵村的牵挂和归属感，萦绕了“我”的整个中年。这是对过去氛围的牵挂与归属，也是对现代的持疑和抗拒。

“我”的家园不可能属于与现代完全隔绝的传统循环时间，而是处于从传统向现代过渡期。格非注意通过儿时乡村宁静的黏性与张力，保存少年时代的家园，使之成为之后展合画面的对比。读者一边不舍得将“手卷”收拢，装进锦盒，仿佛将人物、景致、事件重新装进虚空，一边又等待下一次的取出、展开、回卷，又一次的探索、发现。这样，人们与家园在“手卷”中获得多次的生命，是对线性时间的一种抵抗。

这是一种时间上的回卷。与此同时，《望春风》避开了不可逆时间的焦虑，又在实际上带读者重回了过去时间，完成了时间上的回卷。获得保存的，还有读者记忆和情怀中自己的家园。相应地，读者个体生命在家园的主题中也获得永恒。

（三）现代碎片生活的回卷

古书画界有句话叫“绢存八百，纸寿千年”，讲的是书画保存的不易。每次打开书画观看，都是对书画寿命的损耗。格非选择用刺激的叙述结构来表现衰弱的乡村灵魂，刺激的结构比纸张更加脆弱，损耗起来更快。但再有趣的结构，也会因熟悉而平淡。读者的好奇心终会得到满足，对已预知刺激的感受钝化。《望春风》作为一部小说，它在满足读者对故事的好奇心之外，更承担着对逝去家园的记录与悼念，使得“手卷”与读者产生内在的联系，使阅读“手卷”与读者的自我回溯相重合。

但即便损耗如此之快，格非还是选择在叙述上使用这种方法。虽然生活总在展开，但真实的现代生活有碎片化的倾向。在格非的《望春风》中，读者必须不断思考，在思考中努力把握线索，哪怕做出错的追踪和拼图。这些体验对读者有启发作用。在生活碎片中寻求完整生命的意识，使之得到巩固。读者用这种意识和能力来处理已经碎片化的生活，使之连贯，获得对生活的“回卷”。

五、总　结

格非运用“手卷”形式的展合与回卷，在心理结构和叙述结构上完成小说创作。正向展合中，“我”与读者的情感氛围都是从宁静到失落的；作者掌握了展合的速度，并设置了“画外音”来安抚读者，换来读者的耐心。读者反向回卷时，对“我”家庭源流的期待转化为对家园情怀的认识，这种情怀引导读者对自身经验和时代共有经验的调动，也在精神世界中复苏读者的家园；叙述结构上的悬念、改观和念想，成为读者继续回卷阅读的动力。

《望春风》“手卷”，还与文本之外存在的多个场域发生关系，引发更多场域里的“振动”。作者在《望春风》的创作中回卷了自我的人生，回卷了线性时间，巩固了读者在现代生活碎片中拼接完整生命的意识，完成了在送别了家园与过往的现代中，文学可以做的这部分。“手卷”的形式，将家园安放得从容。且将王维的《送沈子福之江东》抄写在《望春风》“手卷”的拖尾吧：“杨柳渡头行客稀，罟师荡桨向临圻。惟有相思似春色，江南江北送君归。”

（发表于《文学报·新批评专刊》，
收入《复旦中文研究生论集（第一辑）》）

鬼气缭绕，水汽升腾
——陈永和《一九七九年纪事》中的恒常力量

《一九七九年纪事》[1]写的是“我”从东京飞回老家福州处理旧书，借由一张三十年前的字条，打开了尘封的记忆：1979年，在火葬场工作的“我”，偶然卷入了芳表姐、儒谨和梅娘诡异的情感纠葛，出于爱心试图同时保护两位女性。随着介入的深入，“我”对真相有了新的认识，对爱恨有了新的理解。但“我”的努力拯救只是在帮倒忙，“我”经由他们走向明天，他们却被往日拖入深潭。

引人注意的是《一九七九年纪事》中的两种鬼气。一种是构造出来吸引读者的。其中的“悬疑倾向”获得了读者赞扬，但火葬场闹鬼、精神病人发疯的神秘刺激，在今天算不得十分新鲜，小说的“故弄玄虚”随着阅读进行，很快被发现。与此同时，小说并没有“真正跟历史的对话”，描摹上对重要人物缺

---

[1] 陈永和：《一九七九年纪事》，《收获》2015年增刊（秋冬卷）。本文对这部作品的引用，依据此版本。

乏“聚焦”的批评接踵而来。尽管有人从“身体之暗”及“身体性的忏悔”角度挖掘《一九七九年纪事》在人性、政治和历史上的深度，也依然有人将其定位在“深度和力度比原来二十年前、三十年前强得多”的伤痕小说。其中如项静，还梳理出小说两条的线索，发掘出微观社会和奇崛世界的趣味，但也表示这部小说只做到了自圆其说，而优秀小说“应该是世界的可能性和启示”。

所幸《一九七九年纪事》中还存在另一种鬼气。比起不断构造和消解而吸引读者和推动情节的前一种鬼气，小说呈现的缭绕于时代的鬼气，却是耐看和耐思的，令人挥之不去。更独特的是，小说中存在大片“水汽”，在鬼气中，升腾起日常平和而恒远的力量。这种力量，在当代文学的创作中常被忽视或当作解构的对象，极少作者有心来表现它，更何况是在鬼气缭绕中展现。可以说，对这种力量的执着，使这部小说有了在深处和力度上带来惊叹的可能。

鬼气徘徊

《一九七九年纪事》的确是通过鬼气引起读者强烈阅读兴趣，推动故事深入的。构造的鬼气，体现在非日常的场所和非日常的举动。

非日常场所的鬼气，即阴森神秘的氛围。小说展示了多个具有鬼气的非日常场所。首先是火葬场。只有死亡才将人们短暂聚集于此做最后的告别。火葬场地处偏僻，色调灰暗，气氛压抑。又由于死亡的神秘和生存的欲望，种种鬼魂的可怕想象都被附会到这个陌生场所。第二个非日常场所，是离火葬场不远的精神病院。同样是陌生场所，更带有监禁的功能。“每一条通道都设有铁栏杆……每一道门都像监狱似的上着锁……”第三个非日常场所，林场小屋，不光带有禁闭作用，还有危险的暗示。林场的夜晚，关根就是将儒谨禁闭在这间到处是老鼠的屋子里，日复一日对儒谨进行精神折磨的。

非常举动的鬼气，指的是异常的举止和不合常伦的做法。作者先于或隐去背后的理由，呈现这些非常举动，以此形成鬼气。《一九七九年纪事》中，梅娘只要确定见到的人是儒谨就发疯，儒谨夜间入侵停尸房伴尸，老陈师傅在后山秘密建墓，这些行为都令人不寒而栗。银禄妻子满屋子收养伤残动物，梅娘养母坚持把梅娘当作男儿身，芳表姐迷恋儒谨，梅娘总以为自己杀死了儒谨，爸爸拒不承认与自己家族的关系，都让人费解。

但营造鬼气不是小说的主要目的。除了用鬼气不断吸引读者，小说终归是要在鬼气之中讲人事的。

怎样开始讲人事？这就得主动消解构造的鬼气。作者呼应人们对火葬场的刻板印象，索性很快设计了一节“闹鬼”，以满足读者期待。读者们跟随在火葬场值夜班的“我”，被停尸房的动静着实吓了一通。在解释了女鬼的真面目是儒谨之后，黑夜女鬼的鬼气解除了，鬼气转移到儒谨身上。读者和“我”好奇追踪带着鬼影的儒谨，人的故事便开始了。接着就是项静所说的“扯秧子式的，一个人拉出一串人，最后串成一个关系网”[1]。实际上，充满鬼气的火葬场是整个小说故事的起点。

不断构造出鬼气，在消解鬼气的过程中讲述故事，是《一九七九年纪事》的叙述方式。故事是在鬼气弥漫的环境下开始，随着“我”的探索，渐渐呈现的。一处故事讲完，一处构造的鬼气便消散了。

还是以儒谨鬼气的举动为例。看似潇洒开朗的大学老师儒谨，深夜意识模糊地来到停尸房搬弄尸体，将尸体当作活人对话、共寝和鞭挞。直到他和梅娘、银禄的故事被托出后，他的非常举动才开始变得可以解读。当梅娘、银禄触及他的隐痛时，他便梦游到停尸房，与尸体互动，发泄情绪。他将尸体当作梅娘，抒发情感与之共寝；把尸体当作银禄，对其施加暴力报复。他在停尸房梦游中，用与处于弱势的尸体的互动，安抚了自身的情绪。

虽然在停尸房的梦游，是儒谨内心虚弱和邪恶的结果，但儒谨是如何被毁灭而沦落到此般境地的呢？这虚弱和邪恶的根源直到“我”亲身体验过禁闭儒谨的小屋后才找到。儒谨在关根迫使下每夜与老鼠相处，“在这样的屋里住过几年的人，夜晚

[1] 项静:《如何处理劫后余生的生活》,《收获》2015年增刊(秋冬卷)。

去停尸房摆弄尸体，算得了什么？他怎么可能不发疯呢？他的神经怎么能和普通人一样呢？怎么可以苛求他做一个正常普通的人呢？”

构造的鬼气，破解于设身处地的同情理解；同情理解中，人物过去的故事被讲述。

但是，小说中还弥漫着另一种鬼气。这种鬼气不是为调动读者兴趣而构造出来的，而由小说描述的时代所携带。《一九七九年纪事》中往事的时间跨度，从新中国成立初到1979年，人们并没有从时代阴影中完全走出。

时代所携带的鬼气，也须比对，才能清楚看出。仍旧以儒谨鬼气的举动为例，与沈从文笔下同样作为的角色来比较。挖掘尸体、和尸体相伴，一般被认作不道德的行为。这一情节在中国现当代文学作品中比较少见。1932年，《从文自传》中却别样地记录了少年时在部队“清乡”阶段的一则见闻：男子将爱慕的女子从坟墓里挖出，背到山洞里相伴三天才又送回，在即将正法时不惧死，只道“美得很，美得很”[1]。这则见闻对沈从文触动很大，他1930年小说《医生》和1931年小说《三个男子和一个女子》就已有这一见闻的影子。

《医生》讲的是一个医生被男子掳到山洞中复活女尸。由于山洞中的所见满是鬼气，医生恐惧而迷茫。而这男子实则是真

---

[1] 沈从文：《从文自传》，《沈从文全集》第13卷，太原：北岳文艺出版社，2009年，第二版，第304页。

诚而良善的。在彻底明白女子无复活希望后，医生被平安放回，男子则殉情女尸，坦荡而柔情。《三个男子和一个女子》中挖尸的男子，形象孱弱内敛，在女子生前羞于表达爱意，偷尸行动上却果敢浪漫，少女尸骸“赤身的安全的卧到洞中的石床上，地下身上各处撒满了蓝色野菊”。[1] 小说中看似平凡的生命因为爱和美而迸发出惊人的热量，虽然世俗意义上是骇人之举，却坦荡而光明，没有丝毫的鬼气。

这两个故事中挖尸伴尸的行动，都由人本身所具有的光明和热量所造成，因此，鬼气不在。可是，即使在《一九七九年纪事》中儒谨的伴尸之谜已解的情况下，仍有浓浓的鬼气徘徊不散。儒谨的伴尸不但没有因为真相的发现而产生美感，而且反映出儒谨早已成为不良情绪的傀儡这一残酷事实。白日里儒谨“向前看和美”的讲座让许多女听众“眼泪汪汪”，夜晚却暴露了他的极度虚弱和面对弱者的暴力倾向。芳表姐的爱无法拯救他，没有任何光明和热量能驱散他身上的鬼气，他本身已是鬼气的一部分。

这种非正常的鬼气，是人健美光明的部分被剥夺殆尽后，空洞的残余和黑暗的入侵。故事中，学生组织挖开素不相识人的尸体，造反派虐待残害女演员，乡工作队不经审判枪毙革命功臣，也笼罩着鬼气。

---

[1] 沈从文:《三个男子和一个女子》,《沈从文全集》第8卷，第34页。

人被异化至此，这个时代，鬼气缭绕。《一九七九年纪事》表现了而非构造了这个层面的鬼气。

水汽氤氲

《一九七九年纪事》中突出了大片的水汽，来面对消散不去的时代鬼气。

水汽氤氲，在自然环境、日常生活和人类情感中飘荡，浸润了这部小说。

故事的发生地福州，属于中国东南沿海地区的河口盆地，闽江由此入海，亚热带季风气候下，四季温暖湿润。“昨晚下过雨，地上的草地湿湿的，空气特别清新……”福州本身的环境气候，是小说水汽氤氲的一个原因。小说中儒谨家即被作者安排在可以看到闽江的位置。

“我”的日常生活，也不缺少水汽。“我”住在火葬场的宿舍里，淘米、烧水，打理着单身汉的生活，学会照料自己。值夜班时，西伯利亚的寒流冻得“我”够呛，“我”便在保温杯里自备温水。“我”还发明了不用半夜跑厕所的方法，这已在值班室形成潮流。芳表姐来宿舍找“我”，“我”煮上两碗清汤面，招待芳表姐，吃喝完又麻利地收碗泡水。

情感的水汽，则聚集在真挚的眼神、自由的泪水、动情的声音以及鲜活的回忆中。阿灵的眼睛清清亮亮，因为害怕挖坟触犯魂灵而哭，她的声音之下如有深潭。芳表姐的眼睛像熟透的水蜜桃，声音“既有激情又笼罩着雾气”。梅娘柔情似水，她的目光“像一道阳光突然照进无人问津的森林里的沼泽”，一哭便让“我”如同酒醉。当“我”再遇芳表姐时，岁月如小河倒淌，儿时记忆“好像被水从心底里托出来似的在头脑里化开了”。

小说中的火葬场被安排在可以看到桃树林和一望无际的水稻田的山脚下，是有考量的，给了读者日常化认识这一非日常场所的机会。“我”这样描述火葬场周边：“到春天插秧季节，桃花开了，粉红带着青绿绵延不断，景色秀丽，空气新鲜。特别是清晨，到处弥漫着轻轻的薄雾，看上去迷迷濛濛，像是飘飘渺渺通往仙境的去处。”水汽中，这里仿佛不是世人三缄其口的终点，而是与世无争美丽仙境的一部分。除了火葬场的工作人员，再不会有人这样欣赏这块地方了。“我”还提到，火葬场内部的喷水池边，可供“我”有时来发发呆。如此看，火葬场好像是个普通单位的大院。

小说中的仙境，除了火葬场周边，还有一处，是龙头林场所在的青云山：“连成一排的高大挺拔的树，还有一条清清的溪水在绕山行走，一团团的雾气流淌在崖壁岩石树丛和流水之间……”这是银椂为儒谨选择的流放地。正如黎明对“我”所说，这块地方安静、自由、轻松、安全，比起其他“右派”的处境，这里的确是银椂给作为知识分子的儒谨的极大优待，也是读者日常经验可以理解的场所。

“没有月亮，没有星星，空气中浮着一层薄雾，四周显得特别黑，特别冷，明天可能会下霜。”人们千百年来传承着判断天气的经验，在与自然的妥协下乖巧地避寒取暖。这样应该归家的寒冷深夜，儒谨却来到停尸房躺在尸体身边哭泣。这让读者发现，他虽满身鬼气，却也失去群落，在日常中显得十分可怜和无助。

之前所说的第一种鬼气体现在非日常的场所和非日常的举动中，而自然界的水汽洗刷出了事物的真实模样。福州的影子在水汽中显现，火葬场所在地的美景中和了死亡的恐惧，成为寻常地方。儒谨流放地的轻松、舒适呈现银禄的好心，儒谨的孤单可怜也浮现在薄雾的寒夜中。一丝日常的光亮在鬼气的时代若隐若现。

“我”的日常修行也在水汽中展现。前面说了，水汽中有“我”在火葬场的日常生活。二十岁，是正待探索世界的年龄，“我”之所以在火葬场工作，是补员留城的无奈之选。通过对淘米、烧菜、收拾以及生活技巧的展示，说明“我”已经对火葬场的生活驾轻就熟，也意味着我在平淡绝望中做起对日常的修行。故事中还展示，老陈师傅的茶杯永远是为别人准备的，老陈师傅的茶杯中总是泡着茶，让来人随时喝上一口。一斑窥豹，“老陈师傅像海绵，无论什么东西撞上去，都像水一样被他吸干净”。与他比较，生活上“我”仅仅到了能照顾好自己的阶段，心智上也静待成熟。“我”还将从他的日常中受到启发，在这里同样获得生命的滋养。

芳母对自身的要求也在水汽中呈现。改嫁工人阶级，虽是从富贵优雅落入贫穷粗陋，芳母却不在细节上放弃对自己的要求。尽管后父因生活理念上的不合拍，把家里弄得潮湿而狼藉，芳母却将新家擦洗得干净。在后父故意酗酒生事的情景下，芳母仍然不失礼节地为“我”沏茶，讲究待客之道，为托付她的女儿，忧心不已。她在惨淡人生中，维持着尊严。

形成比对的是，芳表姐在父系家族中十分自卑自责，在父系亲戚的诱导下，她选择用带有自虐倾向的洗被单方式来向家庭“赎罪”。洗刷不掉的自卑，成为芳表姐命运悲惨的重要原因，她进而沉沦于与后父的乱伦。当她快要落水淹死，她抓住的稻草是听闻中优秀的儒谨。这种盲目的希望，很快就破灭了。她不能由儒谨的爱而摆脱困境，更不能救赎儒谨。而结局中，芳表姐从水汽氤氲的龙山林场净化归来后，在精神病院找到了洗扫的工作，终于日复一日的劳动中获得平静。

在鬼气缭绕的时代中，认真对待日常生活，不降低普通的生活要求，不放弃变好的可能。人的尊严在日常的水汽中得到呈现。

鬼气时代残活的人，以泪和回忆保存着逝者，也以水续接了已然中断的生命，得到团圆。老陈师傅将女演员修复并秘密土葬后，坟头长出小梨树。“我想那就是她的化身。我经常给它浇水。……飘出一股清香，好像是从她身上溢出来的。”哑巴关根将惨死的小狗伙伴埋在地里，将坟头插的沉水樟枝叶当作小狗湿漉漉的眼睛，温柔相对。阿升担心得不到芳母的骨灰，捆住芳母的尸体投江自尽，企图在江水的怀抱中和爱人永远一起。

这种团圆的愿望，还体现在家族脉络的追寻上。小说中爸爸在“三反”“五反”中和家族断绝了关系。他对家族脉络延续的渴望，体现在他千方百计为“我”妈妈寻回祖传戒指、维持母亲家族脉络的行为中。他希望母亲的家族脉络能够如水般源源不断。

水汽氤氲，在天地山水，在衣食住行，在身体发肤。水汽中日常的力量绵绵不断，去消融时代异常中的鬼气。

以恒常化异常

《一九七九年纪事》，整体上密实而沉重。小说没有借情节之便，用鬼神世界的想象来化解矛盾，使之过于轻盈，而始终行走在疼痛阴霾的现实之中，以平和而恒远的日常，为消融鬼气的力量。

有趣的是，这种恒常的力量，也可从1934年周作人专谈“鬼”的一篇散文中见到。周作人不信鬼，但通过阅读古人笔记，周作人发现古人对鬼是否会生长变老，有两种相反的看法。这一发现，是这篇《鬼的生长》的源起。

“鬼会生长”观点有一论据为清朝人钱鹤岑为逝子杏宝而作

的《望杏楼志痛编补》。钱鹤岑用“扶乩”方式，与先后早夭的子女交谈。钱鹤岑“扶乩”问儿子杏宝在阴间是否长高，杏宝答长高了。又问杏宝的哥哥去世二十三年中，变老没。杏宝答，老了，留了胡子。杏宝的妹妹告诉钱鹤岑，杏宝在阴间要娶妻。钱鹤岑问请不请他吃喜酒。妹妹答，不请。又问那阴间的亲戚去喝喜酒要不要送贺礼。妹妹答，要。

鬼界的这些习俗，都是人间习俗的变形，实际是人们不能接受亲人消逝的事实，对阴间日常生活做种种想象。好景从不长久，“八月初一日，野鬼上乩，报萼贞投生……杏儿之后能上乩者仅留萼贞一人，若斯言果确，则扶鸾之举自此止矣。”[1]亲人阴阳之间的联系，从此断绝。周作人读到后“不禁黯然”，称此书为“我所读过的最悲哀的书之一”[2]。

日常中，人生有安定、平和的基础。因此，亲友们愿意想象在逝者的世界里，生老病死、红白喜事等照旧展开。这成为“人对于最大的悲哀与恐怖之无可奈何的慰藉”。这种想象表现的，是对日常的秩序护佑到另一世界的渴望。

这种力量也并不阻碍非凡，而是非凡的底色和归处。浮士德在受到魔鬼诱惑后，十分地自责，而他最终的满足恰恰是为人类恒常生活所建立的事业。无数的非凡都只是惊鸿一瞥，也许拓展了人类的极限，但恒常才是永不消逝的大海。更重要的

[1] 岂明:《鬼的生长》,《大公报》, 1934年4月21日。

[2] 同上。

是，当异常的鬼气笼罩时，恒常的力量会暗涌，并修复这个世界的运行，重构起生存的空间。

《一九七九年纪事》中，恒常的力量不止在水汽。在焚尸工作中也可见到减少时代扭曲的恒常力量。焚尸工前辈老陈师傅，总是给予女尸们最后的审美尊重。“文革”中，造反派令人发指地摧毁美，老陈师傅则在生命终点处修补恢复它。火葬场，常人眼中鬼气弥漫的地方，却承担了美的修复场所的职责。在终点处的修补，其力量微弱却极感人。在处理芳母骨灰时，“我”扮演着上帝的审判和分配角色，暗中圆满了芳母和阿升的心愿，惩罚了恶人。

也是恒常的思维，让《一九七九年纪事》的历史观拒绝历史的单一简化。

小说表现灾难的根本原因是人失去了健美光明，而不能简单概括为历史的罪责。与其说芳表姐不可救药地爱上儒谨是历史因素的叠加，不如说是人性中的软弱最终导致了爱的盲目与极端；与其说儒谨的苦痛来源于历史运动的折磨，不如说嫉妒、恐惧、自私等心理成了毁灭他的利器。

梅娘的悲剧，恰恰是因人们对历史简单的笃定判断而产生的。丧偶干部银椂与美丽知青梅娘是相互爱慕的，梅娘被人们的想象约束，背负被强奸的羞耻，不得不抑制对银椂的好感。银椂抑制住对唯一子嗣的渴望，遵守了约定，不去打扰梅娘；反倒是“我”和儒谨及芳表姐的自以为是，导致了梅娘的出走。

不仅是水汽，在小说中恒常的力量绵绵不断地出现，减少着时代中的扭曲异化。恒常的力量，也影响了小说的历史观，导致了《一九七九年纪事》拒绝简括、单一历史。徘徊的暗黑的具体的鬼气实际是局限的，水汽才隐喻一般与无边的宇宙相连。水汽作为《一九七九年纪事》的最大特点，也反衬出历史小说创作较为普遍的问题，即可能较多沉浸在了对过于实在的具体事件的寻找和纠缠中。《易经》中言:“大哉乾元，万物资始，乃统天。云行雨施，品物流形。”《一九七九年纪事》从恒常的水汽中已管窥到它。

（发表于《上海文化》）

在打破多种惯有的勉力中

——对徐皓峰《诗眼倦天涯》和《大地双心》故事叙述的分析

2013年“燕山大讲堂”，徐皓峰谈起写小说、拍电影的最大快乐，也是“做文艺创作最关键的”，在于“通过自己的叙事作品改变人间的常识”。[1]他的作品常常令人耳目一新，差异感中挑战现代人的固有认知，也避开当下叙事的习以为常。

2019年，徐皓峰长篇小说《大地双心》[2]和中篇小说《诗眼倦天涯》[3]先后发表于《收获》杂志，并入选岁末的“收获文学排行榜”，在文学作品中表现卓殊。本文主要分析这两部作品的故事叙述，虽运笔发力方式不同，但它们都格外体现了徐皓峰打破惯有的意愿和努力。

---

[1] 徐皓峰、叶毓中、武漫宜:《“徐皓峰　一代宗师之武林”（整理稿）》，腾讯“燕山大讲堂”第200期，2013年1月23日，网址：https://view.news.qq.com/zt2013/ysdjtxhf/index.htm。

[2] 徐皓峰:《大地双心》,《收获》2019年第3期，第114—199页。

[3] 徐皓峰:《诗眼倦天涯》,《收获》2019年第5期，第4—27页。

一、《诗眼倦天涯》的三重故事

中篇体量的小说《诗眼倦天涯》写于其同名电影拍摄完毕后。氛围清冷诡秘，人物形象清晰，叙事节奏也不拖沓，由三重故事构成，设计出彩。江湖爱怨、佛教渊源、个人心绪，一重重互相成就出复杂好看。

第一重，从夜摩天一线看，是武侠人生。故事背景在元朝。汉人在蒙古人的统治约束下通过购买异族身份才能继续佩刀。异族身份下的汉人夜摩天出场，靠的是比刀赢回对方兵器来换钱维生，被情感拨动心弦，却也死于红颜之手。

小说中煞有介事地插入一些新奇惹眼的细节，但又不只是噱头，而对人物形象起到勾画作用。比如，夜摩天比刀的所得不仅要用来维持生计，还要满足其身着上等衣服的嗜好，衣服一日一扔。男性嗜好每日穿着华贵新裳，在武侠中显得不洒脱，与其孑然一身、少念寡欲独行者的形象似乎不合。这种不洒脱是衣服一日一弃的行为也无法消解的。徐皓峰将这种行为背后的原因设置成夜摩天为自己身后事的顾虑——行走江湖、时遇不测后恐无亲友帮着入土为安，日日穿着华服，以便随时以衣为棺。这实际是情感的一丝暴露。既是独立到极致的行为又是眷恋不洒脱的念想，而一日一扔上等衣服，这种看似决绝不留恋身外之物的行为，又很大程度上造成他缺钱，使他必须比刀、赢赛、换钱不歇停，因此与外界接触更多，沾染是非。且服饰还有礼节、社会身份的象征，夜摩天与外界社会的关系显现在穿衣习惯中。小说安排有更多的心绪流露，人物的内心在与外界的接触互动中逐渐打开给读者看。

随着比刀活动的展开，十方、文散春、杨长子、正一品等人自然出现于夜摩天所在的江湖世界，读者眼中的夜摩天，渐渐在其回忆中也有了过去。过往特殊人事使得夜摩天成为独行者，又因再拨动了心弦失去了独行原则，到最后却在这不孤独中害了自己的性命。小说中有的人至情至性，有的人却将利益、政治放在其上，这样的设计使得小说中爱与归属若即若离、真真假假。

小说若只讲了这样的人生故事，论情节已属新鲜。但若止于此，抽取了故事内核来看，江湖爱恨，还属多见。渐渐有别于一般江湖故事的是，小说中显现不少佛教元素，形成了第二重故事。

第二重，涉及佛教的故事和观点，主要在夜摩天的佛教渊源。夜摩天想以心念外化的观点看淡自己在世间的苦痛和情感，但未能如愿。

“夜摩天”是这位孤独者十五岁时闯祸出逃后放弃本名给自己重取的名字，有孤独地强大起来的寓意，来自佛经中天神“夜摩天天主”。小说中介绍：“夜摩天”本是指“欲界第三层天，离人间远，欲望稀薄得已不会作恶”；一个凡人“长时间感受自己的体温而悟道”成为天神，天神的名字即为“夜摩天”；孤独者因听闻这位天神得道前长久的孤单经历而用此名，并如这位天神那样经历了漫长孤独。这名字里还有人间世事是心念外化的观念。[1] 这位名为夜摩天的孤独者十三岁听佛教讲经时曾听说“夜摩天”上只有“夜摩天天主”，那里的众生、宫殿“皆是他心念的幻化”，并且“人间亦如此”：“相由心生”，眼前一切都是“内心的外观”[2]。那时的独行者，立刻以这种观点来审视自己的所有，第一时间识别出内心对值得尊敬的父亲的渴望，也即父亲的缺位。

以佛教“内心的外观”的观点来看待人间世事，成为夜摩天处理自己遭遇的方法，这方法并不能真正奏效。离开杂造局后，辗转回到易子而食的村庄找到至亲，却置身险境、心如刀割，夜摩天以这是心念幻化出来的而已来安慰自己；遭遇爱情破灭等伤害时，仍是以此观点为安慰的。骗自己，还需要找确凿证据，找来的证据自然是虚弱而悲凉的：“夏日里想下雪，似雪的柳絮飘过。想在路上捡万两黄金，送殡队伍吵闹而来，撒下满路的纸钱。”[3] 以这些虚证自我说服，让人看着越发可怜。缺乏有效验证，夜摩天骗不过自己——他发现，之所以化险为夷，是以强力自我保护的结果，而非有以心念来改变世事的能

[1] 徐皓峰：《诗眼倦天涯》，《收获》2019年第5期，第6页。

[2] 同上，第24页。

[3] 同上，第25页。

力。在此种状态下练刀，生存所迫超越了怨恨成为新动力，刀法自然是练好了，可供在盘缠用完后立足维生。

夜摩天有意看淡尘世关系，但实际不能做到真正的淡漠。小说透露，佛经中，“夜摩天天主”处于三重天，讲求无欲。夜摩天嘲笑杨长子对“一重天”战神毗沙门天王的依赖、对情感的不洒脱，但夜摩天也不能无欲求。他有了助人之心，心中更逐渐有了女子的位置，最后死在女子正一品匕首之下，是如同常人般无奈摆脱不了对情感的依靠渴望，不能像佛教中要求的那样。小说中有一位爱憎极为分明、集豪气与柔情一体的大女子，得夜摩天称赞。她叫“十方”,“十方”在佛经中指整个世界，相比夜摩天，作者显然在她身上寄托了更丰富的可能性。

故事中佛教元素多处出现，夜摩天以心念幻化的解释纾解自己在人世间受到的诸多伤害。但《诗眼倦天涯》不是佛经故事的演绎，而以佛经帮助情节的发展和丰厚。以佛教观念为基础，小说还点出夜摩天的故事只是“一念”产生的，这“跌”出了奇妙构思的第三重故事。

第三重，是真正的心念故事。这时，主角是刘远春了。小说作者将夜摩天设置为由“一念”而来，而非故事中真正存在的人物。

徐皓峰安排夜摩天为元朝第一代赵国公刘远春临终前“一念”中的重要人物，刘远春愿望中一个失控的载体。赵国公希望通过其转告儿子关于蒙古军的重要秘密，汉人知此便可以推翻蒙古统治、恢复汉人天下。在临终时，刘远春由于体衰不及亲口说出，于是意念中有了夜摩天来传达秘密。可是，刘远春也没料到，自己弥留之际“一念”活动中实际被突出的是潜意识中的个体需求，道出关乎天下局势的秘密的重大任务被不理智地抹除了。这种个体需求的凸显是因为刘远春少时曾作为人质、后又成长为汉人盟主，没有成功填补家庭方面的失落感，有个体情感上的巨大缺口。“一念”中的夜摩天“根据刘远春少年做人质、改当粟特人的记忆，自补经历，成了完整的另一人”[1]，其实是刘远春为“成大事”放弃的内心个人情绪在外化中重演和寻求弥补：少年时刘远春被父亲放弃做了停战的人质，夜摩天这里便补成农人荒年易子而食的儿子；刘远春父母家庭终究还是被外力破碎，父亲消失，母亲改嫁，兄弟姐妹投奔异族，自己成为童工，后又成为总督夫妇的养子，夜摩天这里便化作离开农家，被安达和蓝眼夫人养育。弥留之际想象结束，刘远春死去。

夜摩天的身世上显现刘远春对情感缺口徒劳的修复尝试，从刘远春的角度来看整个《诗眼倦天涯》，夜摩天在刘远春死后遇到刘远春的儿子和女儿，也是在刘远春“一念”想象中的。除了夜摩天尝试修补刘远春的身世痛苦，这里出现的儿子和女儿继承了父亲刘远春的不同面。

---

[1] 徐皓峰:《诗眼倦天涯》,《收获》2019年第5期，第27页。

想象中作为刘远春儿子的文散春，尽管是第二代赵国公，却希望过远离政治的生活，“只想当个发明小物件的神童，一辈子受夸，痒痒的舒服”[1]。他逃避从父亲那儿继承的宏大的职责，欲以活泼泼的民间为归属，但不担责的态度，运用到方方面面，故事中他最终被爱自己的女人轻贱。无奈，他还是必须承担他无法承担的大任，在人们的期待下像他父亲那样说服忽必烈归还汉地恢复汉化，并没有悬念地因此牺牲掉性命，作为汉人，死后竟被迫从蒙古礼仪。

在刘远春想象中，造成夜摩天性命之忧的，是继承了刘远春能“成大事”能力的女儿刘纯想。刘纯想，是女子中的高官，继承了父亲的“成大事”的决绝冷静、精明果敢，缺乏手足真情。在哥哥失踪时候，封锁消息，回娘家接管国公府，有谋略善谋财，能笼络人心同时心狠手辣。这似乎是小说中刘远春原本人生虽倦不能止的“成大事”的选择的延续。最终，是继承“成大事”能力的女儿派人杀死了带有刘远春个人情绪填补任务的夜摩天。

刘远春的“一念”世界本该以夜摩天这个新身份完成告知传达秘密的任务，却被用于开启与刘远春原本人生遭遇不同的第二次人生，作者设置为其逃不开与原本人生的自觉联系，因此重来的人生向读者呈现刘远春一生的内心纠结。

---

[1] 徐皓峰:《诗眼倦天涯》,《收获》2019年第5期，第19页。

二、是念想的落空，也是念想的实现

在梳理了《诗眼倦天涯》的三重故事后，整体来看这部小说，既有念想的落空，也有念想的实现。对故事中的人物来说，他们渴望在念想中脱离原有生活的发展而不得，但这安排中有作者历史兴趣和挑战固有认知愿望的实现。

故事中人物有着渴望摆脱之前生活而获得新生的念想，希望在不同的人生中填补现实缺憾。刘远春想象出夜摩天和儿子来满足其被现实中“成大事”欲望压抑的私人情感；夜摩天一度通过佛教“夜摩天天主”的故事来想象痛苦经历只是心念幻化来安慰自己，又想回归村落中与父亲、弟弟弟媳过平静的生活，也即希望和对自己有愧的父亲和解，并想拥有亲密的爱人、普通的日子。

元曲《人月圆·山中书事》说“兴亡千古繁华梦，诗眼倦天涯。……山中何事？松花酿酒，春水煎茶”。人物刘远春、文散春和夜摩天终究没能做到从兴亡天下的游戏中抽身而出。对爱和归属的追求，在人生再来一次的经历中还是失败了。刘远春一生缺乏爱与归属，内心“倦天涯”，临终时候化作夜摩天，有对爱与归属的找寻，结果故事中刘远春的女儿刘纯想最终用夜摩天已经信任、依赖和喜欢的厨娘正一品杀死了夜摩天。这正是刘远春放弃个人情绪的行为再现。也因此，不想参与到国家大事中的文散春也被逼为国家大事丧命。总之，在心念而成的第二人生的世界中，尽管夜摩天和文散春都主观追求“大事”之外的爱与归属，仍然由于小说中刘远春真实人生中的“成大事”选择而宿命般失败，原本人生中对个人情感的放弃，在“一念”的世界中重演。

值得安慰的是，作为刘远春原本人生中未能释放出来的一部分，夜摩天毕竟遇到了刘远春的儿子文散春，互相陪伴一程。在两人都对身份不知情的情况下，夜摩天被文散春在危急时刻称作朋友来保护。夜摩天在此刻此生中“第一次听到有人说自己是朋友”[1]，与刘远春在自己的人生中成为别人的棋子和把别人作为棋子的命运不同，这是刘远春希望得到的一丝暖意。

2019年先于《诗眼倦天涯》发表的徐皓峰长篇小说《大地双心》人物身上也有期望不同命运而不得的表现。这部长篇中，聪明而有洞察力的少年六飞谨慎地完成着自己作为皇帝的职责，因身份所限才华不得自由施展，还必须忍受亲人为其国事做巨大牺牲的悲痛。小说最后一章“蜜桃双眸”中，在多年前相逢过的女伶面前，他的行为透露出过上平凡的第二人生的愿望。六飞试图掩盖自己的身份以回避命运已有的残酷，以长相相似、互相熟悉的另一人的身份来面对她，虽被识破，还是极力伪装，希望说服故人，仿佛这样他就真正拥有过第二种人生。

---

[1] 徐皓峰:《诗眼倦天涯》,《收获》2019年第5期，第21页。

但《诗眼倦天涯》不止有着第二人生念想的落空，从故事之外看，作品的创作本就包含着作者本人一些念想的达成。这部作品由作者历史探索的两方面兴趣而出，可从作者这篇小说的“创作谈”[1]看到。一方面，作者解释，其对创作元代故事兴趣的最初由来，是对真实生活中存在于北京“没碰上过开馆”的一个小庙的兴趣。这小庙是忽必烈首席谋臣刘秉忠弟子郭守敬的纪念馆，成为“总想起”的“二十岁没时间追究的事”。这是写作这部作品的一个“念”，第二“念”是其接拍古装片时为明确朝代而对“谋臣”产生的兴趣。他在史料中研究了刘秉忠，发现“他曾是个和尚，看世间‘如梦幻泡影’的人”，“元朝一场梦，没道理的来，没道理的去，白费了他心机”。“创作谈”中作者的这两“念”都在《诗眼倦天涯》中完成了。徐皓峰给刘远春设置人生经历时参照的原型是刘秉忠，身份就安排为忽必烈的首席谋臣，正对应着历史上刘秉忠的身份。故事中的佛经借鉴和幻灭设计，不排除受到病中写作这一作者真实生活情境的影响，亦有对刘秉忠这一原型的参考。

《诗眼倦天涯》的创作还有尤为重要的第三“念”的达成——对固有认知的挑战。虽然这在简短的“创作谈”中未展现，作品中还实际完成着作者的这一“念”。《诗眼倦天涯》中的人物期望却未能在人生重来中跳脱出已有生活，但就整个作品而言，

[1] 徐皓峰：《〈诗眼倦天涯〉创作谈：男人卖字》，“收获”微信公众号（harvest1957），2019年9月11日。

却提示了秩序想象的主观和脆弱。卡尔维诺曾在《新千年文学备忘录》中说，于奥维德而言“对世界的认识也意味着溶解世界的坚固性”[1],《诗眼倦天涯》在三重故事的设计中建立和消解所建立的世界，结合作品中刘远春与忽必烈的辩题、刘远春要告诉儿子的秘密来看，是一种有意的“失序”行为，解构着一般固化的认知。《诗眼倦天涯》中设计刘远春与忽必烈的辩题是“历史并不存在，人只有这一代。上帝造世界，也造了人的记忆”，“之前的人类历史，并不存在。……眼前纷争，因上帝要看我们做这个游戏”。[2] 辩题的意思是说，记忆可被编织，通过编织记忆便可编织历史并作用在后来。刘远春要告诉儿子的秘密便是蒙古人的统治力是记忆编织的。由此看，读罢整个小说，推到刘远春这一环的真相，也未必是真。因此，如果不考虑节制，《诗眼倦天涯》这部作品是可以继续写下去的，再埋伏一些铺垫，重重复重重，一念又在一念之外。由徐皓峰的理念安排，小说可以没有尽头。

三、《大地双心》不断转折的情节设置

《诗眼倦天涯》一环套一环的三重故事层次清晰、易于把握，

---

[1] ［意大利］伊塔洛·卡尔维诺:《新千年文学备忘录》，黄灿然译，南京：译林出版社，2009年，第8页。

[2] 徐皓峰:《诗眼倦天涯》,《收获》2019年第5期，第27页。

人物也较为集中，如前分析，《大地双心》这部长篇小说中有人物身上呈现出与《诗眼倦天涯》中人物部分相同的求另一种人生而不得的情况，且人物活动场域也有部分的相似，他们的事业都直接与国家政治相关，但并不因为这些相似而类型化、同质化。《大地双心》以人物为依托，更看重的是丰富地描画其身处的时代。分析《大地双心》，会发现之前《诗眼倦天涯》的梳理方法并不适用，因为《大地双心》要在精彩的故事情节中完成历史丰富性的打开，而这种丰富性的达成，也意味着读者分析中对故事进行层级剥离的难度。

故事中人物轮番登场，有关末代皇帝六飞的情节较多。人物六飞，对应的是真实世界中的中国末代皇帝爱新觉罗·溥仪，作品中说“六飞”是“这代皇上的秘名，皇族专用，不能当面叫，私下说到皇上时的代称”[1]。这符合《大地双心》的整个氛围，是私下的、秘史般的。近代史上，以中国末代皇帝的身份，爱新觉罗·溥仪在动荡中经历了清末到新中国成立初期的时间，除自传、日记、影像资料留存于世，史学界、文学界用研究和创作的方式，向其投以好奇的目光，《大地双心》基于现实中人物溥仪生平记录的演绎、发挥而来，从中可以影影绰绰地对应到溥仪的生平，但对比溥仪的自述，其中又有许多丰富的想象。从作品题目中的“双心”即可知“六飞”并不是《大地双心》

---

[1] 徐皓峰:《大地双心》,《收获》2019年第3期，第122页。

的绝对中心。《大地双心》中的想象，不止于对皇帝溥仪的，而由精彩的情节设置，以带有徐皓峰已见的细节构造的方式，在普通人不熟悉的历史时段，生动地描画时代的变幻。在作品中，从名字的相似和事件的渲染上明显可见徐皓峰写了一些那段时期真实存在过的人物，例如袁世凯、张作霖、“王果味”（王国维）、“胡可式”（胡适）、张雪凉（张学良）。在描画人物时，表达了自己对不限于近代史的历史的见解，还不忘以幽默的方式表达对白话文、官方史书、民间戏剧等的看法。

作品的情节特点突出，设置变化扭转迅速、干脆、出乎意料，以不停转折发展来获得精彩的效果。例如，第五章“萨满”中不到半章（约五千字）的篇幅，六飞出伦贝子府后的这一段，剧情不断变化转折，短短半章内容，包括张作霖之子意料外的投诚、一男一女惊险的夺枪刺杀、李敬事对自己法力的错误判断、蒋姓刺客无厘头的子弹打偏、张雪凉不和皇帝做朋友的蹊跷、宫中人和律法对失职随应的保护、皇帝在律法财政和祖辈方面受到的诸多束缚。一段段情节紧密发生，此部分内容以李敬事主动代皇帝受过而告一段落，颇具幽默感。人物徐烛宾在第六章“贼漂亮”中总结皇帝六飞外祖父荣禄的办事习惯是“一招套一招、一手藏一手”[1]，凭此笃定荣禄身后事的托付者除了自己还存在隐藏的安排，这种判断很快在相关情节中得到印证，

[1] 徐皓峰:《大地双心》,《收获》2019年第3期，第150页。

更道出了《大地双心》情节设置上的一大特点，即徐皓峰在小说情节的设置上也“一招套一招、一手藏一手”。

这样“一招套一招，一手藏一手”的情节安排比比皆是。第九章“以儒解经”中，六飞与妃子的圆房之夜也写出了曲折，大致可分为四个部分。第一个部分：本是结婚，六飞拒绝和妃子淑秀圆房并提出将来要以离婚的文明方式而非休妻的惯常方式与淑秀分开，以完成只爱皇后一人的愿望，同时六飞体谅淑秀，假装与其圆房。第二个部分：六飞本计划通过娶了淑秀而从其处了解萨满，却得知淑秀祖上已改信蒙回，在圆房之夜聊蒙回的歌时，六飞突然有所发现，急忙要出门，淑秀挽留不成，六飞说自己是要去办国家大事，折中考虑后带其同去大臣家。第三个部分：因六飞突然造访大臣家有失礼仪，帝师陈泊迁让门房拦住六飞不见面，出乎意料，六飞没有用老师教授的以礼服人的方式进门，而是仗着自己是皇帝的身份闯进来的，并以“国事紧迫”为由使自己不被礼仪束缚。第四个部分：突发的“国事”，原来是六飞在淑秀唱的蒙回歌曲里听出了“《论语》腔”，因此对争取回民拥戴而获得江山有所期盼，可这一美梦却被陈泊迁的分析一下子推翻了，六飞因此说娶淑秀为妃彻底是白娶了。四个部分，一连串情节，论篇幅，在三千字以内，论小说中的时间，还不到一夜。又如，第十六章“树上开花”末尾，约一千字的篇幅，又多生事端。

不单迅速发展变化，徐皓峰对故事情节的推进合理、巧妙。

第八章“降神”中，六飞大婚，由皇家大婚请人唱戏的惯例中的窘态显现宫中财政的困境，转而揭开皇帝生母以死维护皇族稳定的秘密，具体到这秘密的揭开过程，仍然曲折。因为皇帝大婚，宫中必须请名角们来演戏，六飞得知名角高小亭、兰词芳们都自降演出费用，觉得应当赏赐这些忠诚之心，却因此得知为皇家面子重赏演员，皇家已到了向银行抵押宫中物品的地步。六飞自然心中不悦，他的做法是不看戏了，回去看新式电影。康谨太妃则在这时向六飞透露其生母是吞鸦片自尽的，当时怕六飞看出端倪，故不让六飞及时吊唁。太妃分析，由于六飞生母在投资上被张作霖欺骗，导致宫中如此穷困，六飞生母被人唾骂。六飞认为败光钱被人骂不是生母的死因，太妃认为在六飞生母自杀的事情上自己有责任，她曾无意透露可以通过死来拖延皇室被迫搬出皇宫的时间，因此造成六飞生母死给吴佩孚看的选择。六飞判断太妃猜测有误，认为其母是以死逼迫张作霖兑现承诺——“他可以不忠于大清，但得忠于我额娘，他是我姥爷荣禄生前种下的人，他的荣华富贵都来自姥爷”[1]。虽然六飞对母亲一死的分析冷静、迅速，但实际突然知道生母死亡背后的隐情，情感波动很大，言语中保持冷峻镇定，内心的悲痛通过在听戏时喝倒彩来宣泄。这些急转的情节，有时故意写得神秘，但在逻辑上并不异想天开，而保持着恰当的合理

[1] 徐皓峰:《大地双心》,《收获》2019年第3期，第148页。

性与连贯性。

之后，这位帮助六飞揭开了生母死因的康谨太妃，也为皇家付出了生命代价。第十章“梨花落尽春去了”中，康谨太妃服毒自杀以逼张作霖打龙旗。情节迅速发展变化并推进合理巧妙的特点不仅仅体现在皇帝六飞直接参与的情节设计中，而在《大地双心》中俯拾皆是，康谨太妃的这部分内容也有体现。曾被康谨太妃爱慕的兰词芳为其伤心哭泣，蒙面潜入宫中奸污为太妃守灵的宫女们，他伤心之下的行动表面上看是反常的，从七年之前的铺垫中却可找出其中理由——制造混乱发泄失爱苦痛，在破坏中释放愧疚和烦躁。敬懿太妃责问守灵宫女后断定蒙面人是兰词芳且还在殿梁上，便在保证宫人安全的前提下不动声色地守到凌晨两点，单独与之对话。蒙面的兰词芳以口音误导敬懿太妃，敬懿太妃假装被误导，并得以悄悄地交与他送达有关皇帝安危的重要物件的任务。在兰词芳得意未被认出而开玩笑后，敬懿太妃才点出知其身份，并克制地呵斥之。

通过情节的不断转折离开惯常发展，《大地双心》完成对历史的独特表述。

四、摆脱情节发展惯常，也逆回古典小说做法

以上举例说明了《大地双心》的设置中情节不断转折。情节的不断转折成为这部作品的一大特点。这持续地帮助故事摆

脱情节上的惯常，历史的丰富性得以打开。同时，注重情节这种写法本身，某种程度上，是向中国古典小说的回归，是小说发展潮流上的逆行。

《大地双心》对情节的注重程度，在当下的小说中是少有的，而更接近中国古典小说。《中国小说叙事模式的转变》[1]中，学者陈平原注意到中国古典小说基本上采用的是以情节为结构中心的模式，《大地双心》在这一特点上呼应了古典小说。《程氏汉语文学通史》中说："线索分明，结构完整，形象鲜明，语言简练，而且善于在关键时刻控制听众和读者的思想感情，正是古典小说传统的诸特点和优点。"[2]《大地双心》也在其他方面以借鉴过去的不同做法摆脱当下文学创作的习以为常。

同样是对古典小说写法的回归，《大地双心》中多处运用笔墨做内容提要，在事件中断较长时间后先复盘之前部分的经过再写新的相关情节，确保故事情节在读者印象中勾连，有对章回小说的借鉴。这种谦虚而体谅读者的姿态，在当下的作品中较为难得，其内容提要又确实很有作用。例如，第十章"梨花落尽春去了"，在康谨太妃第二次赏赐兰词芳时，作者简短地回顾了第四章中第一次赏赐的情形："六飞十二岁时，兰词芳刚成名，第一次进宫献艺。康谨太妃以腕上戴的翡翠镯子赏他，却

[1] 陈平原：《中国小说叙事模式的转变》，北京：北京大学出版社，2010年，第二版。

[2] 程千帆、程章灿：《程氏汉语文学通史》，沈阳：辽海出版社，1999年，第341页。

不摘下，想肌肤相亲，要他亲手摘。”[1]那次康谨太妃的反常行为闹出一连串的风波来，作者在这里简单地一回顾，读者即刻会回忆起那一段，很能理解为什么“兰词芳激出一身汗”[2]，能很快体会包括兰词芳在内的在场一群人内心的紧张，并随之悬起一颗心来。第二次赏赐较为平静地过去，康谨太妃没有出格的行为，只是在落泪关心中显出情深。此章再往后，作者写康谨太妃为皇家自杀，读者才知道，对她而言，这是死前的一次深情告别。由前情提要联系到第一次赏赐时发生的事情，此后兰词芳对其死讯情感反应强烈、衍变出守灵之夜的蒙面人风波情节，也就说得通了。这就显出前情提要的效果了。

在热闹情节的边缘，《大地双心》采用闲笔，这是中国古典小说中频繁使用的一种笔法。《大地双心》选取了由清末到新中国成立初的较为动荡的时间段，亲情爱情、友谊忠义、计谋律政糅杂在复杂的人物关系中，情节车水马龙，但宗教法术、文学艺术、科技历史方方面面的见解、时局以及时风，多有闲笔来表现，增加了叙述节奏的变化、作品的趣味与对时代的立体呈现。如第十二章“八月中秋雁南飞”中，六飞赴死之前，胡可式家民间唱戏的少女不识字，却先于许多人认出六飞来，直言是因为报纸上刊登的帝后照片中皇后长得美，顺便记住了皇帝。有意使帝后的照片多出现在报纸上，是大臣建议的为以后

[1] 徐皓峰:《大地双心》,《收获》2019年第3期，第152页。

[2] 同上。

复辟先刷存在感的做法。少女被皇后美照吸引而识别出皇帝真人的说法，很有些趣味，由作品中少女的注意，作者又向读者交代了为复辟在政治形象传播上的这一准备，并说明这一做法在民间取得的成效。再看，六飞要赏赐给少女的是英皇室骑马减震表，作品中介绍这块表是英王乔治五世给六飞新婚周年纪念的礼物。通过对表的来历的简要介绍，作品透露出英国皇室在政治上的暧昧态度，并通过这晚上短时间内六飞两次想把表送出，透露六飞心理上对英国王室暧昧做法的不快。由此看来，少女认出皇帝六飞和六飞用英皇室骑马减震表作为赏赐的闲笔设置得很是精巧，在主线之外既增加了趣味又给作品的呈现添了广度。并且，在最后那章，少女还会向六飞提起他的晚蓉皇后，此处闲笔也有铺垫作用。

又如，第十六章“树上开花”章末，在写曾经的妃子淑秀托人送她翻译的蒙回诗歌给六飞时，作者又多用闲笔。此处作者帮助读者想起，在新婚时淑秀主动请缨的翻译一事，六飞并未重视，但几十年人世沧桑，几经坎坷中淑秀还记得做这件事来帮助六飞争取甘陕回民的好感。一并送来攒了两个月的工厂福利，是淑秀的关心。这里还提到，淑秀的字，曾经在入宫为妃两年中变化为“娟秀小楷”，后又放任了。于是此时六飞在对淑秀的字还是又大又丑的责怪中，便有了心疼她一辈子天真与执着的意味，颇令人动情。

在短篇集《刀背藏身》的后记《黎明即起》中，徐皓峰曾比对古今，认为中国人在古代“以减省来营造意境，说满说显了，便无意境”，不像今人“拒绝体会，只求告知”[1]。“减省”也配合情节中具体的绘制，中和着那份浓烈，使作品古典含蓄，而不沦为好莱坞电影式的叙事——“逻辑清晰、视觉热闹，是对脑力不足、精力不济的药方”，“不利于养生”。[2] 这里所举《大地双心》中的“减省”，一处是第三章“肃顺意”末尾李谙达的死，一处是第十七章“蜜桃双眸”中六飞隐藏自己对死去皇后的爱和思念。

一个时辰后，少年喊高小亭进屋。李谙达吩咐：“你俩走吧。”

高小亭：“您呢？”

李谙达：“有人葬我，老天安排了。”

高小亭落了泪，却也不多想，带少年走了。

不知过去多久，天阴下来。又不知多久，院中石子响，比成年人脚轻。李谙达张开眼，见豹子进了楼门。

李谙达：“有劳了。”

五官一紧，豹子牙咬入咽喉。[3]

[1] 徐皓峰：《刀背藏身：徐皓峰武侠短篇集》，北京：人民文学出版社，2013年，第234、235页。

[2] 同上，第230、231页。

[3] 徐皓峰：《大地双心》，《收获》2019年第3期，第121页。

这是第三章末尾李谙达之死。包括诀别、等死、豹子的来临，最终的杀戮，也只短短几句，却功力深厚。此处没有细致描摹高小亭不舍诀别却谨从李谙达吩咐的复杂情感，只说他落泪和不多想，赶紧遵从李谙达的话带人走了；没有交代李谙达闭着眼睛等死时候的心理，只交代这等死的时间很长，天色变化了很久之后还没有等到；也没有对执行自然界杀戮的豹子的来临做直接的描写，只用“院中石子响，比成年人脚轻”的听觉描述就捕捉到了豹子到来的画面感，使读者身临其境；死亡却写得干脆利落，李谙达死前对豹子说一句“有劳了”，显出人物的洒脱。

第十七章中，在与唱戏女孩说话间，六飞以一大段话来掩饰自己对亡妻的情感，却一个没留意用了皇帝口吻，因而暴露了自己的真实身份，接着，作者写了六飞这样一个细节：“忽然手快，剥出十几颗豆，溅得铝制澡盆一串脆响”。[1] 作者这里对六飞惊慌失措的表现含蓄节制，三言两语，便减省地写出了六飞所处境地。他对晚蓉的情深意切，自知伪装争辩中已走露马脚的烦乱，都随一串脆响的豆子，尽显纸面。此次出错，对比之前的交锋中从容应对、滴水不漏，其对晚蓉的深情与眷念就更明显了。

《大地双心》以情节的不断转折摆脱惯常，同时，注重情

[1] 徐皓峰:《大地双心》,《收获》2019年第3期，第199页。

节、采用前情提要、结合闲笔和减省的写法，一定程度上向古典小说回归，区别于当下一些小说的惯常，在多种方法的配合下形成外疏内密的点阵，精彩地捕捉了个人理解下的时代。这不是徐皓峰的作品第一次呈现往回走的姿态。从其以往包括整理他人口述在内的作品及他人对其作品的研究中可看到，徐皓峰的知识结构中有过去的部分，这部分认同明显地影响着他的叙事，也被其从写作理念到技法上有意识地使用着。

《诗眼倦天涯》进行了江湖爱怨、佛教渊源、个人心绪三重故事的交织讲述。故事中人物已有强烈的渴望在重来的人生中脱逃原有生活，结果是失败的，但作者在作品中进行了历史兴趣的探索，更用世界的构造和消解挑战了固有认知，提示了秩序想象的主观和脆弱。《大地双心》部分人物也有求第二人生而不得的表现。

相比《诗眼倦天涯》,《大地双心》故事层级剥离的分析存在困难。比起故事层级的构造，此部作品中更凸出的是不断转折的情节。《大地双心》由此持续地摆脱故事情节上的惯常发展，果决地打开历史的丰富性；同时，这部作品创作注重故事情节、做前情提要、兼用闲笔和减省的做法，外疏内密地进行点阵式呈现，是向中国古典小说的回归，是在叙述方式上对当下文学作品写作惯常的回避。

长时间任凭惯性驱使的行动是省力的，也可能盲目造成思维与写作上单一化、模式化的局面。徐皓峰这两部作品的故事讲述保持着对多种惯有的打破，令人惊喜。这份打破多种惯有的勉力，也使徐皓峰的作品由一层分外的自由诗意所浸溉。

（发表于《小说评论》）

回到整体：《北流》新知

引　言

读过林白小说《北流》，几乎等同于在南方方言里浸染过了。小说中有意夹杂的北流话，虽不至于帮读者速成一门方言，但若此时转而阅读语言较为规范的普通话文学作品，便能觉察到日常使用的普通话是多么圆润、饱满，甚至有些明亮得突兀了。即便对比林白本人的普通话旧作，这种语言上的差异也是明显的。

方言与普通话阅读感受上的差异，仅是《北流》带来的鲜活体验之一。从陌生字词及组合开始，在林白饶有兴致的引导之下，读者于小说丰富的“生态系统”中徐徐而行，为弥散的经验驻足，偶尔也被带入飞快的节奏，在小说描摹的世事变幻中颠簸，而无暇确认身处何处。在《北流》中接触到复杂有趣的地方知识，会令读者意识到，这些知识之所以日久天长地隐没，有习以为常使用普通话表达的原因。不止于此，一些忽视并非那么理所当然了，一些原本自然接受而未经思考的观念可能松动，继而有一些空隙可在静默中生发。

《北流》以整体的呈现为目的，多方面提供新知，在内容与形式上，扩充乃至更新了读者对整体的理解。

一、将植物与人类并置于视野

一如纪录片中探险者跟随向导徒步于亚马孙雨林时常发生的，《北流》牵绊住读者使之放缓脚步的，首先是植物。早先的《前世的黄金：我的人生笔记》中，林白曾于《成为鼠类》一篇中把求职失败后的自己比作无根而迅速枯萎的植物[1]，她又在《看望植物》中说，“只要我的树还在，我的马尾松、木棉树、杨桃树还在，我的假鸡冠花和仙人掌还在”，幼儿园就能在“岁月这张陈年的枯叶上”起经络作用，让其“沿着它的路径走进一个温情脉脉的童话之中”[2]。到了《北流》中，植物出现得更多，已使这部作品显而易见地与其他作品区别开来。《北流》序篇中便有“无尽的植物从时间中涌来”[3]，并预告了伴随而来的

---

[1] 林白：《前世的黄金：我的人生笔记》，长春：时代文艺出版社，2006年，第42页。

[2] 同上，第14页。

[3] 林白：《北流》，《十月 · 长篇小说》2021年双月号第3期。

源源不断的回忆。序篇之后，读者继续邂逅的数不胜数的植物，不仅承担回忆路径的作用，而且还是作者的有意宣告——植物在平实叙述中频繁地清楚呈现，意味着具有野生气息的它们并非可略去的背景布，而是构成了切实存在的一部分。

这种大肆渲染是作者的有意为之，一个线索，是小说中两处提到英国博物学作家理查德·梅比的《杂草的故事》一书。这本书研究“杂草”背后的文化，指出人们确定某种植物是否为“杂草”依照的是植物存在对人类生活的影响——“妨碍了我们的计划，或是扰乱了我们干净齐整的世界，人们就会给它们冠上杂草之名”；如无这些人为规划，它们便“只是清新简单的绿影，一点也不面目可憎”。“杂草”被冠名背后有着人类对自身至高无上位置的设定，书中反思，“我们如何、为何将何处的植物定型为不受欢迎的杂草，正是我们不断探寻如何界定自然与文化、野生与驯养的过程的一部分。而这些界限的聪明与宽容程度，将决定这个星球上大部分绿色植物的角色”。[1]

《北流》将对《杂草的故事》的认同暗藏在主要人物李跃豆的感受与观察上。小说不仅安排李跃豆在火车上带着这本书的电子版——它属于使她“在书名中获得安慰”[2]的作品之一，又让其在云南时于友人书柜中见到此书的纸质版并取出来，留意

[1] ［英］理查德·梅比:《杂草的故事》，陈曦译，南京：译林出版社，2015年，第3、7页。

[2] 林白:《北流》,《十月·长篇小说》2021年双月号第3期。

到书腰上的文字——“……，比人类更爱旅行的是杂草”[1]。一般被命名为“杂草”，便意味着因与人类的利益不符而不受人欢迎，但书腰上的话将“杂草”与“人类”相提并论，还比较起两者“爱旅行”的程度，俏皮之外，提示了人类与杂草实际并无高下之分。《北流》让植物在小说中大量出现并郑重地描述，如同《杂草的故事》一书在这部小说中的两次出现，这使得读者意识到蓬勃的植物作为整体中的一部分的切实构成，也使得人们警觉日常判断背后可能存在的刻板、傲慢。

在小说气脉畅通、大开大合地呈现植物杂芜纷繁的构成之外，林白试图调整人类对自身及自身活动与自然关系的一些普遍的主观界定。“跃豆之前认为，高楼都是丑陋的，唯大自然才够壮美”，尽管厌弃钢筋水泥，但看到香港的灯火后，“她瞬间就改变了看法”，认为“人类的建筑镶嵌在山海之间，从高处望，算得上是大自然生出的闪亮部分”，并得出结论，“要在人类与自然之间找到联系点并不难，这些过分的钢筋水泥，因它们镶嵌在山海之间，从高处望，亦可算作大自然生出的明眸皓齿”。[2] 由此表达既不赞同盲目崇拜工业文明，又冲淡人类活动与自然之对立，分析大自然对人类世界及人类世界产物的包容。

不仅意识到人类主观影响了对自然的界定，在人类世界内部，林白也敏感于或显或隐的排他现象。《北流》中提到加拿大

---

[1] 林白：《北流》，《十月 · 长篇小说》2021年双月号第3期。

[2] 同上。

政府的“抢夺寄养”行动——以英语流利与否而判定原住民儿童的智商，粗暴决定是否需要将他们与家人分离开来寄养。李跃豆在香港参加活动期间的经历也证明，语言背后蕴含着极强的身份感，而身份在人类社交中往往被偏见地冠以高下之分。特殊年代，是否冒着身体浮肿的风险献血而争取进步、靠近主流呢？小说中，罗世饶和赖胜雄二人做出了不同选择，他们人生的轨迹自此大不相同。

当《北流》将繁茂植物与人类并置，主次关系被打破，呈现整体的意识中，人类世界内部的多面向，尤其原本长期被忽视的部分，也向读者涌来。

二、化强音为背景进行人间观察

《北流》还揭示了时代中由上到下有思想和行为方式需鲜明有力地向普通人推广时，相应派生出来的影音文艺的巨大力量。这些作品结合权力与艺术的特点，能以极强的感染力深入人心。小说中感慨“时代的强音那时候是真觉得好听”[1]，但回过头来也看到，当艺术相对贫瘠时，对于起倡导作用的影音文艺本身的质量，人们并不过分追求，“不能怪饥饿的胃没有分辨力，不要指责蒙昧无知……”不应“在高处指点”，而要理解当时的人

---

[1] 林白:《北流》,《十月 · 长篇小说》2021年双月号第3期。

“有电影有演出我就是那样欢喜若狂”的心理。[1]

影音文艺背后，是时代推崇的思想和行为，《北流》从小学生扮演刘胡兰、李跃豆大声朗诵《水调歌头·重上井冈山》、罗世饶喜欢歌曲《革命人永远是年轻》等情节，让读者看到其强大的渗透力。由于在课间游戏中赋予了被捕后刘胡兰的身份，小学生模仿起影音文艺作品的动作，心理上也飞速地发生变化，不由自主地脱离现实情境而进入激昂的情绪中，“顺势把自己英勇起来，她双手自动背到身后作被缚状”，“她高昂着头，像电影里的英雄人物”。[2] 在稻田里亢奋地大声喊出《水调歌头·重上井冈山》中的“可上九天揽月，可下五洋捉鳖”，李跃豆自比“像癫妹一样”，喊过之后“每只毛孔都张开了，心中极是感奋，望见天高地阔，远处群山清晰起伏，……通通都提升到了一个前所未有的高处”。[3] 在革命中承受了剧痛的罗世饶，“纵然‘革命’革掉了家里六口人的命”[4]，也还是不由得从心底觉得歌曲《革命人永远是年轻》好听。

使人血脉偾张的强音自是不会被忽略的，但《北流》没有停留于强音影响力的描述，而是以强音为背景观察人间。林白指出个体对时代声音的依附，映现时代对个体产生的切实作

[1] 林白:《北流》,《十月·长篇小说》2021年双月号第3期。

[2] 同上。

[3] 林白:《北流》(续),《十月·长篇小说》2021年双月号第4期。

[4] 同上。

用——获得一种心安。比如，春一从省重点中学高材生沦落到回老家种地，依赖着时代中的强音，在迷茫中以背诵领袖诗词来为自己打气。春一以领导的口吻向继母梁远照的领导询问继母在“四清”运动中的表现，此种怪异做法背后，是个人依附时代腔调来掩饰自己对权职人员的恐惧以及对继母的复杂情感。

人寄居于时代，顺流而行，获得安慰，转了又转，林白又揭示普通人内心实际的空白和无力，她以真诚的态度和耐心，不否定成为附着所获得的安慰，同时呈现强音之下现实中仍然存在的苦楚与隐患。罗世饶被派去写标语，对比写书法，林白道出了他的充实愉悦与空虚痛苦——“它不要你见性情，只要整齐，干净利落”。标语写得越多，世饶便越忘记“字与词的本义”，标语的字也积累在他心中，标语的字是“空心”的，他脑袋中的字便“空心”，给标语的“空心”一层层涂上“艳异的赤红”，也便“一层层覆盖了他”，使他获得“内心平实”之感。[1]庞天新收听“开头时径放《东方红》，结束就放《国际歌》”的北京外语电台节目，却在特殊情况下被当作“偷听敌台里通外国”的现行反革命分子。[2]时代洪流滚滚，湮没他的微小声音，个人辩白是无用的，他为此失去了生命，然而时代的强音又切实地在他死后给予他的母辈以宽慰。庞天新是梁远素之子，梁远照是比梁远素小18岁的堂妹，梁远照向梁远素瞒下了其子已

[1] 林白:《北流》(续),《十月·长篇小说》2021年双月号第4期。
[2] 林白:《北流》,《十月·长篇小说》2021年双月号第3期。

死的事实，编造了庞天新的生活，她顺从时代，顺势而为，“以一个时代的方式，以报纸的腔调，讲起了劳动的意义”，以求“彼此相安”。[1]

历史学家王汎森在《执拗的低音：一些历史思考方式的反思》中说过，“描述一个时代、一个社会，除了主调之外，还应包括潜流在内的许多竞合力量，它们交光互影，关系异常复杂”[2]。《北流》表现了与明确导向并存的多元。还是罗世饶，他意外发现严酷时代性关系的开放，而海南女人诚挚地用着本不属于她的“书面语般的普通话”来感谢偷情，与偷情本身似乎不相匹配。[3] 再如，白珍和堂弟被主旨为“千万不要忘记阶级斗争”的电影《千万不要忘记》所吸引，可是吸引之处竟然发生了偏离，是强音未想引导出的“大城市就是好看，打扮衣着讲话行路，俱好看”。[4] 又如，春一以领袖的话来教同父异母的跃豆——“世界是你们的，也是我们的，但归根结底是你们的，你们年青人，朝气蓬勃……”，而当时李跃豆“信任的世界”还停留在“《十万个为什么》里的世界”。[5] 诸多差异与变形被放置到读者面前，并使读者来思考造成的原因——外部而来的强

[1] 林白：《北流》，《十月 · 长篇小说》2021年双月号第3期。

[2] 王汎森：《执拗的低音：一些历史思考方式的反思》，北京：生活 · 读书 · 新知三联书店，2020年，第51页。

[3] 林白：《北流》（续），《十月 · 长篇小说》2021年双月号第4期。

[4] 同上。

[5] 林白：《北流》，《十月 · 长篇小说》2021年双月号第3期。

音极具影响力、吸引力，但人不会只因强的特质便完全被左右，不应忽视人的内在有自发向往的真与诚。

《北流》本身属影音文艺当中的文学作品，但它秉持的是呈现整体的观念，既不是某种时代倡导的派生产品，又无意在时代中另塑强音。李跃豆的外婆“四个成年的儿子均未娶妻”，后面只跟上一句“(是后人永难理解的政治原因)”，便不再展开，标点的使用上以括号的隔离谢绝了引申。[1]李跃豆的插队回忆中没有太多的情绪渲染，而是细致讲述自己插队时的劳作情景：深山扛木头、犁田、粑田、舀粪水、担水、用粪水种烤烟。为了完成上头的任务，村子在粪屋办幼儿园；一个妻子被派去用自己不具备的专业“学雷锋做好事”，而丈夫被抓去精神病院长期关押；年轻人主动吃“忆苦饭”来模拟前人所受的苦，而老年人直说“前世不修啊前世不修，这东西猪都不吃啊”[2]……这些情节表现荒诞，却没有再转而明显聚焦另外强音的意图。不另塑造强音，不因此生出扭曲变形的面孔，不是一桩易事。北岛曾在访谈中描述过这方面的困难，说自己过去诗歌《回答》的写作“多是高音调的”，受时代影响，“是官方话语的一种回声”，多年中“一直在写作中反省，设法摆脱那种话语的影响”。[3]《北流》的克制，意味着其自主地意识到要摆脱约束而

[1] 林白:《北流》,《十月·长篇小说》2021年双月号第3期。

[2] 林白:《北流》(续),《十月·长篇小说》2021年双月号第4期。

[3] 翟頔:《中文是我惟一的行李——北岛访谈》,《书城》2003年第2期。

走向更为开放的空间。

有意识化强音为背景来观察种种身影，与让植物和人类并置于视野的做法，是内在相通的，都有着整体意识。

三、直视虚空带来多维度充实

在热闹的影音文艺之声与相关故事之外，《北流》中还直视了虚空。这也是对整体的观察中容易缺失的一部分。事实上，《北流》中十余次提及“虚空”一词，从序篇起，到整部作品最后一段。虚空是“北流”的一部分。“至老的大树”“从虚空中来，到虚空中去”，“庞大的身躯在虚空中留下墓碑”[1]；李跃豆睹物思人，外婆的手工制品，使她“望见外婆在虚空中”[2]；梁远婵不能理解丈夫对宇宙的关注，认为他念的东西“虚空又虚空玄之又玄”[3]。

不同于作品中北流、云南等地理上现实存在的位置，虚空是人难以定位也难能企及的他处，在英语中，虚空是nowhere。正因为虚空的难以企及，前些年，艺术家蔡国强的烟花作品《天梯》轰动一时，其表达了人们对通往天空深处交流的渴望。虽然烟花作品点燃后映现的金色高梯只能保留瞬间，但它却映照

---

[1] 林白：《北流》，《十月·长篇小说》2021年双月号第3期。

[2] 同上。

[3] 林白：《北流》（续），《十月·长篇小说》2021年双月号第4期。

出人们对“虚空”中丰富永恒的期待。《北流》也是以虚空为充盈的。李跃豆回忆，小时候认为弟弟米豆的眼睛“能望向虚空中另外的时间”[1]；路过永州时，她在“虚空中的稿纸”上寻找自己曾写过的歌[2]；最后一章的末段，她“在虚空中望见”具体生动的画面——“大蛇将要乘北流河的河水一直去往西江珠江然后奔向大海”[3]。

《北流》中人能进入虚空情境，是在排除诸多意念之后。年轻时，在稻田里，李跃豆热情澎湃地大声喊叫后，是人力胜天之外的另一种“气场降临了”，“罩住了”她，使她“静穆缓行，不再讲话”，“微醺着在一种漂浮感中移动”，在其中感受到了“虚空和万有”。[4] 李跃豆在《北流》中还记录了一次身处虚空的特殊情境，是在云南友人家中独自一人时——四下无声，“上下静成虚空”，“声息全无”，“阒寂”。一如前面所述，在声音之外，有无声的影响发生。“在静谧的场域，她的声气也自动变细了”，“闲养道，静养德”。[5]

林白还借助虚空的“玄妙事”关怀梁家堂姊妹。在堂妹梁远照身上，是淡化老年生活的贫苦，以人力的不可作为宽慰人心。梁远照晚年以看电视为乐，电视机老旧，在返潮的季节打

[1] 林白：《北流》，《十月·长篇小说》2021年双月号第3期。
[2] 林白：《北流》（续），《十月·长篇小说》2021年双月号第4期。
[3] 同上。
[4] 同上。
[5] 林白：《北流》，《十月·长篇小说》2021年双月号第3期。

开，荧幕上“无尽的雪花中”浮出人脸，需要等待一个小时的时间。这又有什么呢？“世间万物不都是从茫茫大荒中浮出来的”。每天两次等待的时间中，“远照心安气静”，此间用为儿子做家务事“安顿自己”。梁远照年纪大了学习腌制梅子，林白还用颇为俏皮的表达来显示其在新技能中体会到的乐趣——“她一五一十放入冰箱，到取出，则变成一生二二生三三生万物”。[1] 其实这乐趣本身有限，由老年生活内容的平淡反衬出来。

在堂姐梁远素身上，则是安抚丧子之痛。梁远素丧子，起初认为儿子庞天新去了虚空之境，后机缘巧合，她将一不知来处的孩子当作儿子再世，收留照顾。把这孩子是庞天新转世的希望寄托于“世界上何等出奇的物事”，实现其自我欺骗的愿望。林白虽不认为这一事实成立，亦留有一丝希望，补充道：“那些玄妙事，凡人如何得知？”[2] 然而，在失而复得一段时间之后，这孩子死于一次雷击，仿佛是人力范围以外的天意收束了故事。其实这是林白击碎了重圆的镜子，使得梁远素对儿子的思念在好不容易落地之后再次飘零，同时也将人物拉回到她所处的现实中。

人从虚空中得到关怀，可是，小说的时势安排上，整个“北流”在渐渐归于虚空。《北流》以超前的视野，站在2066年回头看，“北流话作为一种文化，已经是死去的文化”，需要作为“非

---

[1] 林白：《北流》，《十月 · 长篇小说》2021年双月号第3期。

[2] 林白：《北流》（续），《十月 · 长篇小说》2021年双月号第4期。

物质文化遗产标本”来保存。[1] 小说中“注卷”和“疏卷”等的形式设计，已与之呼应。关于“注”和“疏”，学者王力在《古代汉语》中介绍：“汉代人已经不能完全读懂”秦代典籍，于是作“注”；又六七百年后，许多注释“又不是那么容易理解了”，于是唐人“不仅解释正文，而且还给前人的注解作注解”，“一般叫做‘疏’”。[2]“注”和“疏”既是展开，又说明了流逝，既意味着有本体已如《北流》序篇中的“大树”，吞没“到虚空中去”，又意味着与之前的直接通连已微弱之时，后人对恢复沟通的渴望。从这个意义上看，《北流》中的“作注”“作疏”，是保存和沟通的努力痕迹的留存，体现了林白的意志。而林白清楚，虚空的界限并非一成不变，“注”“疏”的内容有着世代时间的间隔，更迭中其解释力也渐渐淡去，北流方言、《北流》故事在未来终将归于虚空，失去后人的理解，如“庞大的身躯在虚空中留下墓碑”。[3]

在此前提下，小说仍然搜集保存“北流”，其由现实存在向虚空陷落的过程也记录在内，力图在时间纵线上也完整起来。于是，《北流》中可见，女作家李跃豆返乡，故土的变化之大使她找不到路——“前所未闻的路名，它到底是在八十年代的哪一片？……对年轻人而言，八十年代是古时候，很古”。[4] 许多

[1] 林白：《北流》（续），《十月·长篇小说》2021年双月号第4期。

[2] 王力：《古代汉语》第二册（校订重排本），北京：中华书局，2004年重印，第611—612页。

[3] 林白：《北流》，《十月·长篇小说》2021年双月号第3期。

[4] 同上。

未经时间淘洗而很可能消失于历史进程中的当下事物的名字，例如“网易云”“孔夫子旧书网”“美团”“微信”“有道”软件“Kindle”阅读器，和每日微信道“早安”等当下一阵流行但不能长久的社交行为一起，大肆出现在《北流》中，成为在归于虚空过程中被林白抛向读者的当下生动印记。

《北流》将虚空作为整体的一部分直视，补充完善了整体。呈现“北流”的虚空部分，借用虚空关怀了人物，也记录下“北流”由现实陷落虚空的过程，多维度地充实了小说。

四、在片断形式中复归于整体

内容上呈现整体，《北流》的写作形式却倾向于片断。采取这种形式，增加了作品的阅读难度，使读者不得以一次次放下已有线索重新攀爬。作者在这种写作形式的背后有明确的思考。林白曾阐述自己对“整体性高于一切”价值观的反思，这里所说的“整体性”是“完整的、有头有尾的、有呼应、有高潮的”，“碎片微不足道”。林白认为“片断离生活更近”，而认为“整体性”有进行粉饰的嫌疑——为形成逻辑整体而牺牲与生活在距离上的贴近。[1] 故而她惯用“片断”方式写作，避免人为虚构漂亮叙事弧线。比起“整体性”能做到的，《北流》使用片断形式，

[1] 林白:《前世的黄金：我的人生笔记》，第3页。

确实更深入这个杂草丛生的世界，在更充分方向的收纳中更接近了“一切”。

片断的形式使得诸多脉络被细腻捕捉到，让作品爆发出对复杂人世强大的诠释力。经由片断充分的铺散，揭开了李跃豆母女关系中过去时代的伤害，肯定了李跃豆的自我成长，也描述了老年人留有时代遗迹的生存状态。回到幼年记忆，李跃豆“从未记得母亲抱过她”[1]，片断讲述了她在母亲处遭受的心理创伤。而她成年后，母亲到老仍偏爱其同母异父的弟弟海宝，且表现出根深蒂固的重男轻女思想，使得她更加受伤。但成年了的李跃豆在自身的创伤处极力理解母亲，与遗憾和解。她了解到1958年大炼钢铁时对婴儿疏于照料的母亲梁远照本身亦在受苦，她在母职之外更全面地懂得自己的母亲。因为懂得，所以虽以“风烟滚滚唱英雄”略带嘲笑地描述梁远照80多岁冲上阳台抢时间晒衣物的身影[2]，但她仍然给出了许多微妙细节来揭示年老的母亲尚存的激情与有趣的小小虚荣心，如母亲在拥有乒乓球台时，欢喜得如同获得了“航空母舰”[3]；又如，母亲买花一定要出门去买，“而非网上下单”[4]。

片断写作形式还带来人物形象的丰富，读者可以客观看待

[1] 林白:《北流》(续),《十月·长篇小说》2021年双月号第4期。

[2] 林白:《北流》,《十月·长篇小说》2021年双月号第3期。

[3] 同上。

[4] 同上。

成年李跃豆身上的不同侧面。虽然她能跳出人类的自大，理性看待植物与人类的平等关系，但对家庭关系的处理中仍暴露出局限。与李跃豆同父同母的弟弟米豆本身对生活心满意足，可李跃豆不能看见和接受米豆情感上的真实需要，只能以劳力压榨来机械理解米豆对瘫痪叔叔的无休照顾。李跃豆为米豆争取休假权，并不是米豆所需要的。如以赛亚•伯林《自由及其背叛：人类自由的六个敌人》中批评卢梭时所指出的"强迫一个人获得自由"的现象[1]，李跃豆对米豆"千祈"的叮嘱中怀着作为姐姐的好意[2]，实际站到了米豆本身自由的对立面。怒其不争，跃豆还想替80岁还在给海宝做"带薪""全职保姆"的母亲伸张正义，不过她已意识到，在质问母亲时，自身与母亲的身份便发生了改变——"一旦正义起来，女儿就不再是女儿、母亲也不再是母亲。"[3] 这些片断帮助《北流》表现了复杂人事，缺乏头绪的情节一一自然续接，收纳进了林白警惕的"整体性"之外的参差错杂。

可是，如果只是丰富度的提高，会造成另外的问题。如地理学家段义孚指出，"感到对空间完全熟悉时，它就变成了地方"[4]。"地方"的边界局限，则将直接限制《北流》对整体的呈

[1] ［英］以赛亚·伯林：《自由及其背叛：人类自由的六个敌人》，赵国新译，南京：译林出版社，2019年，第61页。

[2] 林白：《北流》，《十月·长篇小说》2021年双月号第3期。

[3] 同上。

[4] ［美］段义孚：《空间与地方：经验的视角》，王志标译，北京：中国人民大学出版社，2017年，第60页。

现。但《北流》的片断写作形式帮助构造了熟悉与陌生之间的平衡，使得读者不被局限。林白采用片断式写作，对读者行使的调配权力如同虚拟现实中设计者对玩家的权力。一场虚拟现实技术演唱会与现实世界里的对比，“真实世界里是由一系列周边事件（如抢票、怀着激动的心情等待很多天、出行、入场等）和核心事件（看演唱会）组成的”，而虚拟现实演唱会中，“记忆是单场景、断点的”。[1] 虚拟现实中缺陷的部分，在《北流》中成了优势。片断形式在《北流》时空、人事频繁切换中打破线性结构的连贯，暂时困扰了读者，使读者每每在一些情节的断崖处意犹未尽，连续逻辑之外强行切换到新的不熟悉的空间，避免空间成为读者熟悉的某一“地方”。

不光是空间上的跳跃，李跃豆自述的人称代词的使用也切换自如。《北流》设计跃豆在回忆自述时不但使用第一人称，还使用第二、三人称称呼自我。不同的称呼下不同视角的片断，真实地流露了对往事中自己的情感态度，显现当下和过去、理性和情感的摇曳交织。耐人寻味的是，尽管北流方言的第三人称代词“渠”在《北流》中故乡人事记录的部分频繁地被使用，其被完全避免出现于李跃豆的自述。实际上，无论是第几人称，李跃豆都避免对自己使用方言人称代词。如学者张新颖在林白

---

[1] 周逵：《沉浸式传播中的身体经验：以虚拟现实游戏的玩家研究为例》，何威、刘梦霏编：《游戏研究读本》，上海：华东师范大学出版社，2020年，第84页。

前作《妇女闲聊录》中发现的，“一个自然的叙述者，还有一个震惊的叙述者”[1]，这是不同语言的区别。

尽管相对方言，普通话于地方知识有所遮蔽，但是，某种程度上来说，与北流的分离，促进了李跃豆人生的持续展开。不同于小说中写诗的覃继业因非法出版服刑八年而舍弃笔名疾野，李跃豆以《李跃豆词典》将方言转换普通话的可行，正说明了她的认知中有两种体系，提示了作家李跃豆已与北流产生距离，也是她足够为读者展现北流之外认知的前提。

《北流》对片断形式的使用是为了整体的复归。最终，蜿蜒绵长的逻辑线还是交还到读者手中，构成不同于“整体性”的完整。读者会发现，随小说以地方北流为起点，最终似乎完成的是超出北流的对整体的跋涉探索。

结　语

不以“个人的视角”“变成一把剪刀”“剪裁世界”[2]，《北流》延续了林白《妇女闲聊录》中的思路，并继续往整个世界走。往整个世界走，是有危险的，《庄子》中说：“吾生也有涯，而知也无涯。以有涯随无涯，殆已！已而为知者，殆而已矣！”

[1] 张新颖、刘志荣：《打开我们的文学理解和打开文学的生活视野——从〈妇女闲聊录〉反省“文学性”》，林白：《妇女闲聊录》，北京：新星出版社，2005年，第239页。

[2] 同上，第233页。

张文江先生析此句时以《旧约》对照，认为解除此种危机的方式是“回头吃生命树上的果子”，而“生命树和知识树本是同根生”。[1]

林白曾说写长篇时的状态是“双脚埋在土里，全身暖洋洋的”，自己不愿“从正在写着的长篇里连根拔起”，也怕写完后“无依无靠，觉得自己孤苦伶仃”。[2] 但《北流》的结尾时光回环，透露着满足——“李跃豆，她看见自己穿着那件被河水冲走的第二年又自动回来的紫色衣衫，在看见自己的同时她看见了郁郁葱葱的甘蔗林，在甘蔗林的旁边是母亲大人梁远照，她穿着天蓝色的西式短裤骑着自行车，一个穿紫衫的小女孩坐在自行车的后架上。成群结队的灰色水牛迎面行来，水牛背上停着白鹭，白鹭飞向大树停在树枝上。”[3] 这是因为《北流》回到整体建成的丰富生态，已足以使作者贴近生命本身，转而从中求得新知、获取滋养。

（发表于《当代作家评论》）

---

[1] 张文江:《〈庄子〉内七篇析义》(修订本)，上海：上海书店出版社,2018年，第71页。

[2] 林白:《前世的黄金：我的人生笔记》，第200页。

[3] 林白:《北流》(续)，《十月·长篇小说》2021年双月号第4期。

在转变、构拟与连缀中拥抱大的世界
——弋舟小说的重复

引　言

弋舟著作丰富，只从小说创作数量上来看，短篇、中篇和长篇均已可观，但如有读者产生了基于作品的进一步了解的兴趣，就会发现作者已有的人生经历、部分小说的写作时间和背景等还较不清楚；此外，如果读者要想简述其一篇小说的内容以飨友人，恐怕也不是件容易的事，因为对作品方方面面的精心打磨往往难以在简述中呈现，一次仓促的概述反倒会让光怪陆离的故事变得平淡无味，甚至一不小心沦为俗套，远失本身的精彩。作家自述、他人访谈的补充能很大程度上改变前一种情形；后一种困难，或许可用弋舟本人在阐释他人作品时提及的阅读感受来解释——它符合“‘好小说拒绝转述’的定律”:“一定是拒绝简述与归纳的”，“如果你想了解它，对不起，你必须、只能、唯有去逐字逐句地读它”。[1]

弋舟的小说写作实践着“文学对于‘复杂性’的永恒的要求”[2]，作品内部的复杂多样容易在概述的输出中急剧损耗，作品与外界相通的整体意识的难于呈现，也加剧了概述无效的体验。例如，其最新出版的短篇小说集《辛丑故事集》和同属其“人间纪年”系列的其他短篇小说集（《丙申故事集》《丁酉故事集》《庚子故事集》）都选择了在集名中使用干支纪年，在秩序感之外，还明显体现了作者已赋予小说在单组故事之中和单个年份之外对更大的整体的呼应。这种呼应不易厘清，但干支纪年法中蕴含着的与公元纪年法不同的循环时间意识，提示了弋舟小说中和小说间结构的尽心考量。

提到结构，阅读弋舟的多篇小说便很难不注意到重复的现象。当作者决定在某处使用重复，他便已做出了某些结构上的考虑。很多时候，重复会被等同于放弃成长，会被视作完全退败，但事实上，这有可能是在方向上坚守，也有可能是在制约中创造。本文以弋舟小说的重复为切入点，理解弋舟为何未因小说的重复而被拘住，相反，发现他拥抱了一个大的世界。首先对《辛丑故事集》的开篇故事《敲开千禧年的最后一声钟声》进行版本变化和标题渊源的分析，从中管窥在对之前作品版本的继承之外，弋舟写作上开阔敞亮的转变；其次，从此篇延伸

---

[1] 弋舟：《犹在缸中》，兰州：甘肃文化出版社，2016年，第13、14页。

[2] 同上，第6页。

到对弋舟这些年来多部小说作品中不同类型重复现象的讨论，认识其中除了个人烙印以外构拟巨型故事世界与同源异流的意图；再者，指出与反复开掘固定主题时的写作方法密不可分的整体思维，并以《辛丑故事集》中的另外篇目理解弋舟写作中对截面与整体关系的把握及效果。转变、构拟与连缀，弋舟小说的重复现象生动起来。

一、使一二十年前的“钟声”转变得开阔敞亮

《敲开千禧年的最后一声钟声》[1]是《辛丑故事集》主体收录的六个故事中的第一个。据落款标注，该作品完成日期在2021年，实际可以进行更早的溯源——此篇是由弋舟长篇小说《跛足之年》第一章“抽屉”第五节和第六节合并修改而成。《跛足之年》面世与最初动笔的时间存在着较长间隔，动笔在2000年以前，初版于2009年。与初版时这部分内容[2]比对，2015年再版时这部分[3]仅有极少量文字标点的变化，但到了2022年《辛丑故事集》中的《敲开千禧年的最后一声钟声》，尽管基本的故事没有变，修改却遍布整篇，字句锻造上精益求精之外，有许多不应忽视的地方。

---

[1] 弋舟:《辛丑故事集》，北京：中信出版社，2022年，第11—21页。

[2] 弋舟:《跛足之年》，兰州：敦煌文艺出版社，2009年，第11—15页。

[3] 同上，第16—24页。

首先是故事中人名、地名中现实气息的刻意去除。原本在“抽屉”第五、六节出现五十次以上的人名“马领”在《敲开千禧年的最后一声钟声》中消失殆尽，而以“他”替代。原本向读者透露了人物来处的“兰城话”[1]，在《敲开千禧年的最后一声钟声》中被改为了“家乡话”[2]，使得“他”在读者眼中进一步成了一个不知源头的人。在人物关系上，《敲开千禧年的最后一声钟声》更为强调人物的萍水相逢，用“小旅馆房间里邂逅的两个男人”[3]取代了原本的“他们”[4]，由此弱化人物之间的关联度。

并且，作者在《敲开千禧年的最后一声钟声》中，有意淡化故事中现实的具体困境，而引向相对抽象的整体思考，表现为：删除原本通过父亲讲述的现实中马领遇到的麻烦；对倒转时光后果的猜测时，从“重新坐在那张令人费解的办公桌前，年复一年地进行着上拉下托的动作了”[5]的具体情境变为“重新坐在既往那貌似可被理解的生活里了”[6]的抽象概括；还在个人自身价值思考时拓广了人物的视野，将原本父亲说自己“快

[1] 弋舟:《跛足之年》，第15页。

[2] 弋舟:《辛丑故事集》，第20页。

[3] 同上，第21页。

[4] 弋舟:《跛足之年》，第15页。

[5] 同上，第12页。

[6] 弋舟:《辛丑故事集》，第16页。

六十岁”[1]，变为父亲意识到“过了今晚”父子二人“都是活过两个一千年的人了”[2]。

修改还包括更清晰塑造人物内心的趋势。“抽屉”第五、六节中多处人物说话的内容专门单独成行地呈现，《敲开千禧年的最后一声钟声》中则不同，原本醒目地单独成行的说话内容都被挪移到紧跟说话人的位置，客观上降低了人物说话内容在整篇故事中的重要程度。这一点不能完全排除文字规范编辑的原因，但与此同时，《敲开千禧年的最后一声钟声》中对难用言语表达的人物情感反映更加直接，证实了这种趋势的存在。一个直接的例子，是在“闭着眼睛摇摇头”的动作后面，以新增的一句——“感觉眼皮已经快要关不住泪水了”——加强对为人子与父亲隔阂下情绪的直白反映，向内深入。[3]

不仅如此，《敲开千禧年的最后一声钟声》还以极少的文字改变调整了故事中的一些氛围。当提到作为对外沟通工具存在的外形笨重的手机时，量词使用上发生了变化——从“抽屉”第五、六节到《敲开千禧年的最后一声钟声》中，统一从“部”变成了“只”，这将沉重中带着的冰冷化为沉重中夹杂着某种轻飘。原本作品中刻意拎出来聚焦的一个“现在”[4]，在这

[1] 弋舟：《跛足之年》，第13页。

[2] 弋舟：《辛丑故事集》，第17页。

[3] 同上，第18页。

[4] 弋舟：《跛足之年》，第14页。

版作品中改为“后来”[1]，轻而易举地将之变为时间序列中的平淡一环，是有意的淡化。但作品中，又有有意的加强——《敲开千禧年的最后一声钟声》里把这段故事发生的时间提前了一天，是新千年既未降临又即将到来的那个晚上。调整方式上仍然显出作者的游刃有余，原本，“抽屉”第六节中以老王的话向读者指出故事的发生时间是在“今天”“新千年的头一天”[2]《敲开千禧年的最后一声钟声》直接把“今天”改为“明天”[3]。

尽管《敲开千禧年的最后一声钟声》是曾经的故事的再次出场，但读者从作者对之前作品内容的修改中，可读到当下的弋舟与二十年前写作的不同，可发现作品在修改中变得开阔敞亮——关注人的普遍境遇多于状写特殊个体；抽离具体现实而思考人类普遍命题；向人物内心深入而减少外在事物的醒目程度；用词更加精准并注重作品氛围的打磨。

变化也直白地显现在小说标题中。《敲开千禧年的最后一声钟声》的标题取自此篇结尾最后一句“不，这是敲开千禧年的最后一声钟声”[4]，也即《跛足之年》第一章“抽屉”第六节的最后一句。在故事的最后，“一声巨大的轰鸣从天而降”[5]，扎扎实实地完成了千禧之年的到来在人物内心分量的外化，也即这

[1] 弋舟:《辛丑故事集》，第19页。

[2] 弋舟:《跛足之年》，第14页。

[3] 弋舟:《辛丑故事集》，第18页。

[4] 同上，第21页。

[5] 同上。

“敲开千禧年的最后一声钟声”。这一标题出处中的尘埃落定和豁达敞快，与“抽屉”第五、六节中原本紧扣故事内容发展的标题“睡哪张都无所谓的”和“得救”带来的氛围差异感极大，似乎在远离青年马领的现实生活和即时反应，而更注重精神层面的梳理。

将视线从篇章移到整本，单从《跛足之年》和《辛丑故事集》的名字，也会发现写作改变的蛛丝马迹。前面已经提到，“抽屉”第五、六节来自《跛足之年》;《敲开千禧年的最后一声钟声》是《辛丑故事集》的开篇第一个故事。《跛足之年》的“跛足”，对个体而言是肢体于外在形态上出现的缺憾，具有特殊的寓意；而《辛丑故事集》的“辛丑”，是真实的纪年，真实而具有森严感，并非以个体人物具体事件为转移。比较“辛丑故事集”和“跛足之年”这样的标题，由“跛足”之年到“辛丑”之年，似乎走向了某种境遇上的开阔。

虽然《敲开千禧年的最后一声钟声》是弋舟新小说集《辛丑故事集》中所列的第一个故事，此篇的修改选择却在今昔比对中客观地呈现弋舟写作的变化，和集名一起，反映弋舟的写作在某阶段过后开阔敞亮的转变。

二、个人烙印之外，构拟巨型世界与同源异流

以上看到的是弋舟小说写作基于原有版本的转变，但弋舟

小说写作上有着不同类型的重复。不单如《敲开千禧年的最后一声钟声》这般更新版本，弋舟在一些不同的小说中重复呈现部分情节和主题。与许多作家唯恐避之不及不同，他似乎享受以此在小说作品中留下某种个人的印记或是建立起不同作品之中及超过作品群的联系。

首先是在不同作品中打上了很深的个人烙印。"'很难看吧？'他解释道，'嗯，它受过伤，被砸扁过，刚刚恢复不久，还不太像只脚……'"[1]这是《辛丑故事集》中《敲开千禧年的最后一声钟声》里独立的一段，原本"抽屉"第六节中，这句话便单独成段吸引视线。《敲开千禧年的最后一声钟声》此处的差别，不过是将人物说话内容后的标点从"。"改为了更为醒目一些的"……"，这一处细微改动，未经求证不能肯定出自作者本人之手，却提示了此句中原本就有的强调意思，那便是，这"被砸扁"的"左脚"背后是有故事存在的。

这个背后的故事出现在弋舟定位为自己写作的"母体与元文本"[2]的《跛足之年》中。但即使未读过《跛足之年》，比较熟悉弋舟的多数小说便应当不再陌生于这个故事，因为即便不把故事讲全，他也时常在其他小说中提及它。脚部受伤变形的情节屡次出现，并且常常带有一套固定的程序——在刨冰摊上发生的争执导致"我"的脚受伤，"我"被送往医院治疗，但脚的

[1] 弋舟：《辛丑故事集》，第19页。

[2] 弋舟、程立源、陈舒遥：《小说与人间消息》，《绿洲》2022年第5期。

形状未能恢复如初。这情节时常出现又有些许区别，例如，中篇小说《雪人为什么融化》中有一段情节：李二水等人一边挟持着“我”一边在刨冰摊向摊主挑事，“那块城墙砖一样巨大的冰块掉了下去，就在它落地的一瞬间，我义无反顾地将自己的左脚迎了上去”，随即“我”成了他们口中被摊主的冰砸伤脚的“兄弟”，被欺侮的摊主成了“我”因脚伤住院医药费的负担者。[1]弋舟曾解释：“我要不断地回溯它，[……]有时候，我都不禁要以譬如‘左脚’之类的重复来向它[2]致敬，或者是跟它打一声‘嗨’的招呼。”[3]“左脚”的故事及许多小说作品中与其有关的暗号一般的只言片语，赋予作品以作者本人的深刻烙印，执着一如“丙申”“丁酉”“庚子”“辛丑”故事集的命名。

但弋舟对作品的“招呼”不止于对《跛足之年》等作品时不时说上“一声‘嗨’”，同一情节于不同小说中的大小复现，又宣告了其在创作上构拟着读者未能把握的巨型故事世界，他乐于重复，继而在重复中形成了一种氛围，似乎作者本人在讲一个大得始终看不到头尾的故事，而读者在其反复诉说中只是“撞到”一个故事整体中的某一部分。例如，《金枝夫人》与《所有的故事》中的女孩有着相似的与初恋男友的认识过程与相

---

[1] 弋舟：《雪人为什么融化》，北京：北京十月文艺出版社，2017年，第38、39页。

[2] 这里的“它”指弋舟作品《跛足之年》。

[3] 弋舟、程立源、陈舒遥：《小说与人间消息》，《绿洲》2022年第5期。

处模式；再如，《所有的故事》与《时代医生》中的医生夫妇有相似的共同职业经历；又如，《赖印》中的男人是《空调上的婴儿》中女人的丈夫，而《赖印》中的男人、《空调上的婴儿》中的女人又分别是《谁是拉飞驰》中少年的父亲、母亲，虽然三篇小说分别以丈夫、妻子、儿子的故事为主，但是各篇或多或少涉及了对主角之外的其他二人的描述或暗示。

即使是“撞到”了某一部分，对于身临的这一境地，读者也未必看得真切，在一个故事读完后，经常还是不能确信是否真正解锁了弋舟构拟的那个世界中某一块区域的地图。如，《所有的故事》与《金枝夫人》在相似的初恋之上生长出的关于女孩的故事情节并不相同，再看两个作品主体的内容，更是千差万别；再如，看似漫不经心，《时代医生》三言两语补充出一个比《所有的故事》中隐瞒着的医疗事故更大的秘密——其实，男医生在很久以前便单方面发现那场医疗事故并不成立，却秘而不宣，任由女医生心惊胆战下去，让她以为是冥冥中化险为夷，共同保守着这个秘密并结为夫妇；又如，虽然《赖印》《空调上的婴儿》《谁是拉飞驰》每篇都印证着主角之外的其余二人的故事碎片，但每篇小说都做到了为主角经历或经历中所思所感提供重要的新信息点，只不过有着量上的差别，正如由弋舟本人有意识地决定内容的重复一样，这也是作者决定好的。

除了不避免情节的重复，弋舟还重视一些固定主题的反复开掘阐释。《辛丑故事集》中，个人烙印以外，更常呈现的是人生命题的反复开掘。还是以《敲开千禧年的最后一声钟声》为例，部分情节以截面展现了父子的关系：正给儿子写信的父亲接到儿子打来的电话，在千禧年前夜这样一个背景下，他带着哭腔说出了希望儿子“正常”的心愿；儿子先是试图向父亲列举自己“‘正常’的依据”，后又小心翼翼用别人的手机拨打了第二个电话，谦卑地小声请教为什么父亲会觉得自己“不正常”。[1]父子双方都处于爱与痛苦之中。

亲子关系的隔阂的呈现，在弋舟的小说中并不陌生，除了短篇小说，在中篇小说《等深》、长篇小说《蝌蚪》等体量更大的作品之中，或多或少都有相关的反映，读者在弋舟的众多小说作品中对这些主题体验颇深。例如，《等深》中，虽未主要表现父子关系，却有着让人印象颇深的两对父子的关系——通过“我”追踪到了男孩与其父亲的关系，也让读者看到“我”与父亲的关系。男孩失踪，是因三年前见到了母亲的一段婚外情，现在他已等待自己长到了能担负法律责任的岁数，要去报复母亲的出轨对象。相比较男孩的报仇雪耻，男孩父亲主动失踪并杳无音信，显得怯弱得多。尽管男孩给予自己的父亲三年前的出走行为以很高的评价——“这样的行动，才是和生活等深的”[2]，但当同样怯弱的“我”，在故事最后想冒充男孩的父亲给男孩母亲的情人以道德的谴责时，却发现男孩的父亲已在几

[1] 弋舟：《辛丑故事集》，第19、20页。

[2] 弋舟：《刘晓东》，北京：作家出版社，2014年，第38页。

次报仇不成功之后为其收服。而“我”也有一个父亲，虽然他已经衰老，但因此次寻找男孩，“我”使用起由他教会“我”的在纷扰环境中的“吐纳”，之后在“我”面对恶意时一些“狠”的“手段”又源自他。[1]这指向了“我”与父亲的联系。

弋舟的小说反复描绘亲子隔阂，但与“被砸扁”的“左脚”等相关意象及故事情节的反复出现不同，虽主题一致，读者很难在其中有重复之感，而体验到同源异流。由此，读者习惯在弋舟阅读涉及同一主题的不同小说作品时，仍然有获得丰富体验层次的信心。隔阂当然不只限于父子间，在弋舟长篇小说《战事》等作品中，母女关系中彼此的生疏与伤害也被细致充盈地刻画出来，例如，《战事》中有这样的场景，寄居男友家的少女丛好俨然成了一个小主妇，有一天在菜场见到了抛弃自己的母亲——“丛好的心最初是没有丝毫波澜的……她已经完成了对于母亲的埋葬和祭奠……可这个不复存在的人，现在，红彤彤地站在她的面前，却又存在了。……当母亲的眼泪从眼眶中滑出来的瞬间，丛好的心也跟着猛烈地痛起来。”母亲“嘴唇一直在抖”，“说一句‘好好怎么会这样……’就再也说不出什么了”。在菜场这个拥挤的场合相顾无言，母亲塞了钱又许诺下次带她离开，便“像一把熊熊燃烧的火炬”，离开了丛好的视线。[2]

弋舟以不同作品中同一情节的大小复现强化了作品中的个

[1] 弋舟：《刘晓东》，第50、62页。

[2] 弋舟：《战事》，南昌：百花洲文艺出版社，2016年，第45、46页。

人烙印，此外，他还在一些情节的参差中徐徐展现一个读者未能把握的巨型故事世界，又通过反复开掘阐释一些固定主题而给予读者同源异流的丰富体验层次。

三、以一截截的“海浪”连缀出整体之“海”

固定主题的反复开掘阐释是以截面的方式来完成的，截面的累积，是形式意义上的重复。弋舟反复开掘阐释亲子关系的隔阂，短篇小说《敲开千禧年的最后一声钟声》、中篇小说《等深》中以截面呈现了父子关系的状态，长篇小说《战事》中的母子隔阂又是以一个个截面构成。与整个情节相比，这些都是琐碎的截面，但这些截面使作品丰盈起来，也和他的其他作品区别开来。弋舟清楚自己的这种写作能力，不仅在同一主题的演绎中带给读者惊喜，在不得不平衡外部旨义与个人意识的“任务”《春秋误》中，他便有意识通过“琐碎”完成了让“两个千年的英雄”“有了人的气味”的构造。[1] 在承受了选择尊重他人意愿而非更多彰显个人观察的“断臂之痛”的《空巢：我在这世上太孤独》的写作中，仍然有意识地直呈“每一个具体而微的个人”而非“泛指”的“空泛的‘整体’”。[2]

[1] 弋舟：《春秋误》，北京：作家出版社，2018年，第294页。

[2] 弋舟：《空巢：我在这世上太孤独》，上海：上海文艺出版社，2020年，第15—16页。

“截面”呈现得丰富，是依托于对“整体”的理解。“很多时候，我都会忘记了坐在我对面的，是一位‘空巢老人’。面对老人，我只在有限的时间内，尽可能竭尽全力去深入具体地理解对方是个怎样的老人，并力图以其本来面目记录下来。”[1]——这段虽然是对自己非虚构写作过程的自述，却让人联想到，在描述一个人时，他也会“尽可能竭尽全力去深入具体地理解”，他的思考也不会局限于人和事的表面，而是如此进入并不“空泛”的包罗万千的“整体”。

弋舟故事中许多构造是在这样的基础上顺理成章地形成的。正因为有了这样的“整体”思考，弋舟的小说中，亲子关系的隔阂不止步于亲子间，他跟踪了其连锁反应。还是《战事》中，从母亲离去开始，被弃的不安感便持续地影响着丛好，在她从少女到中年的几段恋情中都留下了痕迹。初恋之时，男友张树犯罪服刑，丛好的感觉是张树突然抛下了她一人；婚后，丛好又从与丈夫的互动中得到许多不安之感；到与张树死灰复燃，却被张树用来与丈夫做了交易，意味着她人生中的又一次被弃。《战事》以丈夫的眼睛看到，丛好在阅读沈从文小说《边城》时用铅笔勾出描写老船夫去世后少女翠翠的无依无助的语句，这个细节将中年时期她内心深处仍然孤弱的状态暴露无遗。

也因“整体”，《战事》中对茕茕孤立的丛好起到安慰作用

[1] 弋舟:《空巢：我在这世上太孤独》，第16页。

的，竟是遥远的伊拉克战事。伊拉克战事的新闻，陪伴着在具体日常间挣扎着的丛好，以地理上的距离，冲淡了她的悲伤，“因为实在是与己无关，所以就不是令人难以承受的”，“把她从现实中带离，成为了一个不知愁苦的旁观者”。[1] 这一“妙想”，不免让人想起张爱玲《倾城之恋》,《倾城之恋》中战争“成全”了渺小个体的亲密关系。也是“整体”思维的体现,《战事》中还以时间层次减轻了青春少女故事中的悲伤之感，中年作家身份下丛好对少女时期生活的回忆，与少女时期经历的即刻描述间隔着出现，叙述的语调仿佛杜拉斯《情人》中那般从容，多了岁月的沧桑。

此外，弋舟长篇小说《蝌蚪》和《战事》同样从青春时代开始写人物的成长史，同样是与上一代有着很多情感和经验上的隔阂并曾身处暴力的边缘的人物,《蝌蚪》中少年“我”的成长感受与《战事》中的少女丛好却大不相同。《蝌蚪》中，因为父亲，年少的“我”过早地对世间的暴力感到“苍老和厌倦”[2]，但在观察到父亲的初恋对牢狱之灾中的父亲的不离不弃后，为女人对父亲的极度付出以及父亲后来的恩将仇报感到疑惑。这使得读者意识到自己踏足了弋舟构拟的巨型世界中的不同区域。

回到最新短篇集《辛丑故事集》中的篇目，短篇小说《拿一截海浪》标题中，便有从整体中“截取”一部分的意识。《拿

[1] 弋舟:《战事》，第53页。

[2] 弋舟:《蝌蚪》，西安：陕西师范大学出版总社有限公司，2020年，第46页。

一截海浪》中，男人正自驾回乡参加女儿的婚礼，并斥巨资准备了砗磲雕刻成的“一截海浪”作为新婚礼物，不料途中撞死了一条黑狗，因为内心难以跨过撞死一个生命的坎以及遭遇了另一条狗对他的声讨，他感到寸步难行。小说借丘吉尔名言“心中的抑郁就像只黑狗，一有机会就咬住我不放”[1]来暗示本来他的心中便有如同黑狗啃咬的抑郁情绪。女儿、交通事故报警接线员和曾经爱过而后因家庭负罪感而放弃的女人都未能理解他在撞死一条黑狗后的情绪。

这几次求助的失败，正是男人与他人及社会长期隔阂的反映。自我放逐到缺乏家庭和社会关系的海南岛，是因背叛了家庭和所爱之人而选择自我惩戒；“拿一截海浪”，潜意识里是以能够代表自己的部分来取得与他人的联系，因为“那个岛上，除了海浪，什么都跟我没关系”[2]；不顺利的男人发现，自己“不过是从一片海去了另一片海”，“不过是从一片海回到了这一片海”，他“拿着一截海浪，又好像双手空空的人”。[3]在小说的末尾，男人的认识似乎颇为无奈，但又未尝不是解脱，因为这样的认识实际会使得他获得消极的联系感——在心中对联系、对故土的执着消失后，便生活在整个同一片海中，无所失去而既空虚又强大起来。而这篇小说反映的又不止他一个人而已，

[1] 弋舟：《辛丑故事集》，第109页。

[2] 同上，第110页。

[3] 同上，第112页。

有足够的素材供给读者对故事中的他者的想象空间。

《拿一截海浪》的标题中有“海”字,《辛丑故事集》六篇故事中有一篇故事标题中也有个“海”字，是《德雷克海峡的800艘沉船》。“德雷克海峡”是轮船到达南极的必经之路，穿越德雷克海峡的行为意味着在大自然中冒险的精神和勇气。形成强烈对比的是，这篇故事中几个相似又不同的小人物分别沉浸在他们各自不幸而又特别平凡的生活中，他们自发能做到的极限只是若有似无的反抗。例如，段欣慧。亡夫的财产使得中年的段欣慧衣食无忧，她的生活似乎不会出意外，但又过于平顺。她在飞机上看到一则称得上稍稍能打破平静的海难报道——“目前已有800艘船只沉入德雷克海峡”，身临其境地想到了“寒冷的海峡，疾风骤雨，怒浪惊涛”。[1] 又如，吴尤莉。同为中年丧夫，吴尤莉从婚姻中继承下来的是累累债务，父亲从中学退休后帮其开网约车，在此过程中父女关心爱护着彼此。儿时没有幸福的家庭，长大后又为亡夫所累，后在爱情中不能跨越年龄的差距，并眼看对方可能由于自己而发生了严重车祸，吴尤莉“成了一艘正奋力穿越着凄苦海峡的、破浪的巨轮”[2]。这只是《德雷克海峡的800艘沉船》中人物和故事的一部分。这些小人物，像800艘沉船中的一艘、一艘、另一艘，非常独立。在海面航行时，一艘艘轮船与整个德雷克海峡相比，便像一片片飘零

---

[1] 弋舟:《辛丑故事集》，第119页。

[2] 同上，第140页。

的树叶，到它们不幸沉入海底后更是如泣草芥。但它们同处在德雷克海峡的地理位置，以数量的叠加构成了整体，就像显现了那没有在生活整体中浮起的一部分，自有一份属于人的壮阔。

《德雷克海峡的800艘沉船》中，不仅故事的本身是发生在生活整体中的一部分，故事间一些人物的关联在俯视的角度才能发现。虽说在《辛丑故事集》的另一篇小说《化学》里，化学家感受到“大家同在一个环形的跑道上，在一个开放却又互相关联的世界里”[1]，但一些人物关系是身处故事中的人物不会清楚的，要以作者、读者所处的上帝视角或者说是模拟“整体”的视角才能看到，例如《德雷克海峡的800艘沉船》中段欣慧和吴尤莉的关联。段欣慧和吴尤莉在故事中会有着什么关系呢？这在故事的最后才可厘清——段欣慧下飞机后乘坐了夜间吴尤莉父亲帮女儿开的网约车；这位网约车司机一反常态表现得“古怪而热情”[2]，给段欣慧留下深刻印象；而他之所以如此，是由于段欣慧的“武汉口音”[3]勾起了他对自己在武汉大学历史系生活的回忆。这些弱联系，也显现在2020年《庚子故事集》中的《人类的算法》，在2018年《丁酉故事集》中的《缓刑》，在2017年《丙申故事集》中的《但求杯水》。

弋舟多写、擅写个体，是以截面的形式完成对个体敏锐刻

---

[1] 弋舟:《辛丑故事集》，第39页。

[2] 同上，第143页。

[3] 同上，第132页。

画的“心灵捕手”。这些捕获得益于对整体的观照。他笔下多有具体姓名、职业的个体，同时服务于整体，如同一截截“海浪”，悄然无声连缀起整个的“海”。

结 语

没有停下来，弋舟小说的重复在转变、构拟与连缀中彰显生机。《敲开千禧年的最后一声钟声》已变得开阔敞亮；多部作品中情节和主题的大小复现，除了个人烙印外，也有巨型故事世界和同源异流的构拟；在对整体的观照之下描摹的一截截“海浪”，使整体呼之欲出。

从重复中理解这些已成为他写作过去的作品，似乎便能够立体地认识这位作家的写作空间了。在这个有序又恣肆的空间中，他的创作还在新增。将会有承载着新变的小说沿着某一轨道径自飞来，又拓宽弋舟的写作空间。

（发表于《南方文坛》）

奔向恢廓的情感，返垦温厚的土地
——邵丽《金枝》中的另开生面

长篇小说《金枝》[1]涉及周氏家族百年来五代人的情感和命运，写作动机为作者邵丽本人呈现家族历史的意愿。作品中出场人物较多，一些人在不同时段被反复放置到小说文字所打造的聚光灯下呈现，另一些人仅在短暂的展示中便匆匆走过了半生。作品充分完成了作者被委以的家族书写重任，但并未止步于此。本文希望了解这部作品除完成家族历史书写外还抵达了怎样的开阔之境，因此从人们情感关系的转变、人与土地关系的重建两方面对《金枝》进行梳理。

一、《金枝》中人们情感关系的转变

（一）穗子与朱珠之间的恨意束缚

《金枝》中周启明经历了两次婚姻，前一次是家庭包办的

[1] 邵丽:《金枝（全本）》，北京：人民文学出版社，2022年。本文所引该作品的文字皆出自此版本，在文中标出页码。

旧式婚姻，第二次是自由恋爱的新式婚姻。这种经历，在新旧思想交替、风俗变化的特定时间段内是常见的。《金枝》对此着墨较多，特别是在前后两位妻子穗子和朱珠之间关系的刻画上，丰富了文学上的呈现。

作品中，穗子与朱珠长期处于对峙的紧张关系之中，尤其是穗子一方，可以说是恨极了朱珠。尽管早年丈夫逃家和朱珠没有任何关系，也非朱珠插足了二人的感情，穗子却把对周启明的埋怨转移到对朱珠的诅咒上，连带着老家中丈夫吃斋念佛的母亲也成为她发泄的对象。怨愤使穗子狰狞，“她撕破婆婆的白布衫，扎个小布人，[……]小布人朱珠身上扎满了针，她咒她[……]她咒她的孩子[……]她当着婆婆的面，故意在佛龛前面做这些。”（第72页）女儿拴妮子也成为她用来报复丈夫新家庭的工具，她鼓动拴妮子频繁去丈夫新家“住几天”且“多要些东西回来”（第205页），使丈夫新家庭不快仿佛成了她的人生乐趣所在。

穗子之所以产生如此强烈的恨意，作品中有两点铺垫。出身于大户人家，穗子之前定过亲又退了，拒亲是由于未婚夫不慎摔伤了一只眼睛，虽家道殷实但依穗子的脾气不能接受。由此可见，穗子对丈夫本人是有一定要求的。待到嫁与周启明时，因媒人说“新女婿是个秀才，长得真是个俊”，穗子连结婚当日哭嫁的风俗也不顾了——“前头有好日子等着，哭个啥呢？”（第24页）愈是充满期待，愈是对比出现实的糟糕，难免不伤心愤恨。可这恨意实际捆绑了生活选择，形成了对自由的束缚，消减了命运的可能性，加重了自己和他人的伤痛感。

平日里做妇女工作的朱珠也不能摆脱这种束缚。作品中，她在长子一岁多时于自己家中猝然见到了拴妮子，才知丈夫在老家竟曾娶妻生女。可以说丈夫十五岁时的婚姻是一场身不由己而相处极为短暂的包办婚姻。离婚八年后再婚生子，丈夫对意外出现的前妻之女没有表达父爱的意愿。尽管如此，朱珠还是感到深深受伤，并从此卷入其中。因有一定的身份职务，她以另外的形式应对了穗子的挑衅——“开始悄悄打扮自己，家里家外都精精神神，仿佛憋着气，在和一个看不见的人较着暗劲儿”（第59页）；并且，在拴妮子受母亲撺掇隔段时间便来家中“小住”时，朱珠牢牢地守住了主客界限，一方面，她尽己所能地在不宽裕的状态下表达出主人的周到，宁可苛待己方而不失了待客的礼数，另一方面，当拴妮子产生想要融入这个家庭的念头时，她小心翼翼而坚决地打消对方的念头。不能不说，这种看似平静的较量对朱珠自身构成了行为约束和情感伤害。

但恨意扭曲之外，这些女性实际有丰富的内心世界。《金枝》形诸笔墨。尤其在立体塑造乡村中的前妻穗子时。她表面上的选择极为单调，内心活动却着实生动。她说想要活成让周启明扎心的“一根刺”（第183页），又似乎不止于此。周启明祖母临终时她已答应离婚，却自发承诺“把家照看好”（第162页），之后仍以周家孙媳的身份主事安葬了祖母，又在特殊时期城里周启明他们无法顾及的情况下保护住了这个周家。到周启明母亲去世时，她终于有机会在老家风风光光地作为启明的妻子参加仪式，短暂地成为一个胜利者，可待到周启明去世，“她的心事就像经历了一场秋风，风流云散”（第443页），没有去和朱珠争抢仪式上女主人的位置，也不再固执地“死了也要进周家的坟院”（第183页），而交代后事说要埋到周启明的大哥周庆凡所埋的地里。作品借女婿刘复来观察到穗子以为四下无人时的长段哭诉，使读者由此明白她看似不合逻辑行为背后的缘由。因内心咽不下被抛弃的苦痛，穗子大半辈子不能放弃对周启明妻子身份的坚持，被仇恨捆绑，无法选择始终陪伴着自己的周庆凡。

恨意成为女性的束缚。延续到后代身上时，有变化在发生。

（二）对峙关系在后代身上隐约松动

作为家族书写，《金枝》中当然不缺亲子关系的描述，有趣的是，与亲子间产生隔阂不同，作品敏锐捕捉到，穗子之女周拴妮、周拴妮之女周河开竟分别对朱珠、朱珠之女周语同有着好感。因违背了亲子关系中顺理成章继承来的情感倾向，这些对“敌方”的欣赏往往较为隐蔽，《金枝》细细道明。

恨意确实传递到下一代。前述拴妮子是母亲穗子派往周启明新家中破坏安宁的工具，从周启明与朱珠长女周语同的视角来看，这是一个粗鲁野蛮的入侵者。这种印象延续到长大之后，语同开始像朱珠以前所做的那样注重体面，并以此反衬拴妮子的粗俗，还采用漠视作为惩罚，将之排斥于家族成员之外。因此她的女儿林树苗在近十六岁时才知道拴妮子这位家族成员的存在。对林树苗而言，陌生的拴妮子未对自己构成伤害，也没有实质性的关系，所以，当得知姥爷有前妻、母亲有同父异母的姐姐时，她能够置身事外地欣赏这种“浪漫”，“淡漠而又不屑”。（第115页）这何尝不是在身份地位比对的羞辱之外，周语同对同父异母姐姐的另一种惩罚。

尽管自小是带着“任务”到父亲新家中去的，拴妮子对“小妈”朱珠的情感却非一成不变。她有意在“小妈”与父亲家中制造麻烦，还在邻居同事面前损害他们的形象，可是，与自己母亲对“小妈”的恶毒咒骂比对，拴妮子承认自己的母亲“有些不讲道理”，对朱珠“反多了些歉疚”。这认同显然有违她日常被灌输的本当持有的敌对立场，又因朱珠的大方得体和一再容忍，她渐渐不能顺从母亲的教唆“冲着她吆喝”。朱珠真正从内心接纳拴妮子，要到年老时了，可拴妮子很早便在内心感激她，因“只有她让拴妮子在这个家里不至于像团空气一样被对待”。（第207、206页）

再次验证恨意并不能完全主宰下一代情感的，是拴妮子的大女儿周河开自小对与母亲关系恶劣的大姨周语同有一些好感。与拴妮子对朱珠的感情相似，不是按照身份决定情感关系，周河开对周语同的好感也近乎人与人之间的真情流露，跨越了狭隘的仇恨。虽然她认为大姨对母亲诸如“寄生虫”（第294

页）之类的言语讽刺有损自尊，但实际上，母亲为吃食、金钱等全然不顾脸面的做法，让她在大姨面前抬不起头来。意外受伤后大姨发自内心焦急担心，一下子打开了小女孩的心扉，平日里美丽而冷漠的周语同，成了河开小小心灵中的崇拜对象，反映在小学三年级写至亲的主题作文中："我不懂大人的事情，只是看到我大姨是美丽的。……长大做我大姨那样有用的人。"（第297页）

其实，即使是拴妮子和语同这对同父异母姐妹的情感，也不止有恨，而是爱恨交杂。这在父亲周启明的丧事上有尽致的表现。追悼期间，拴妮子坚持要和语同等站在一起，宣示自己和孩子周家后人的位置，此外，在遗产上再争上一争，除了金钱所得，这也是周家人身份的象征，并要给一向不和的语同增添一些不快。但在再次接受了语同热心的经济和物质帮助，同时遭遇了她一贯的刻薄言语后，拴妮子私下和孩子的话中透露了一些对语同的好感："我一直教育你们别记恨大姨，她就是说话难听点，人可好了。"（第453页）而周语同在追悼父亲期间短时间内感受到自己对拴妮子的厌恶、理解、亲近、愤慨等多种情绪。其实，她内心深处是有拴妮子这个同父异母的姐姐的。周语同带小河开去处理伤口时，脱口而出"我姐家的"（第296页）；在培育子女上，语同又把拴妮子放在了竞争的关系上，受到拴妮子家把河开培养成高中省高考理科状元的刺激，在女儿树苗中学时期的培养上倾注了更多。

拴妮子、周河开对“小妈”和大姨打破亲子关系的认同，提示着同辈间也有改变对峙关系的可能。前妻和后妻，前妻之女与后妻之女，她们之间是有机会超越想象中身份关系的束缚而表达友善、互相欣赏的。只是大多数时候，同辈人难以突破由于身份关系而形成的恨意与似乎继承下来的竞争关系，不愿跳出狭隘的视角承认彼此，更不真正尝试沟通化解矛盾。

（三）精神联结的向往与对发展的善意

但人物是成长变化的，这在周语同身上有特别明显的反映。从儿时与同父异母的周拴妮的直接冲突，到对拴妮子的鄙夷与对其子女带着掩饰的关爱，再到放下比较各自子女的执念而关爱整个家族未来，有漫长的过程。无论是她对父亲和母亲这支后代的关心，还是对父亲前妻后代的关心，都在作品中有充分体现。

“对周家后代的提携，是周语同站稳脚跟后心中最大的执念，她恨不得把所有周家的孩子都收拢到自己手下，一个一个点拨他们，让自己的心血，换算成周家的荣光。没有来由的，她觉得应该对自己世代奋斗的祖辈有一个好的交代。”（第359页）其实并非没来由，开始时有自我证明的需求，后来则是反思的结果。在对女儿的教育中，语同曾透露被父亲轻视后的伤感和努力：“我就是想让你爷爷他们重视我……我是对这个家付出最多的、最孝顺的一个。我是要用我的好，证明他们有多不好！”（第382页）虽然身陷其中，她能看到对这场围绕一个男人的争斗中母亲朱珠以及同父异母的拴妮子所受的苦。母亲大半辈子“为了牢牢把控住这个男人，没日没夜地劳作”，“用她的客气和忍让”获得了父亲的认可，太不容易也不值得；而当暂时抛开自己与拴妮子的不和，她看到拴妮子大半辈子“拼命想把自己嫁接进爸的家，而她的亲爸只是将其视为无理取闹”，认为拴妮子也是受害者。（267页）看清了这场争斗的无意义，这旷日持久的消耗便有望结束了。

父亲去世多年后，语同对周家后代如同大家长一般的行为，算得上休止了这场起于上一辈的争斗。在跟年轻一代聚会时，无论他们是否是自己母亲一支的后代，她都能够真心盼望他们每个人向上发展，期待新生命的降临。在毕业找工作时，在成家买房时，在婚姻受挫时……都有周语同这位大家长的支持。并且，《金枝》特别反映出，在穗子这支后代身上，这位大家长的支持也是全心全意，甚至经得起挫折。拴妮子的二女儿周雁来原本只在姥爷的追悼仪式期间见过周语同，彼时，她即将大学毕业，找工作困难，想到向周语同求助。周语同热情回应了这个陌生孩子的求助，先是亲自从多方面培养她，又让她住到女儿林树苗婚后家中继续栽培，不止在金钱上花费，也付出了许多心力教导，谁知付出真心全力支持却被有计划地欺瞒，周语同感到难以接受。因此，当相似的求助再次发生时——拴妮子的小女儿周千里头回见面便带着男友开口借钱买房，周语同迟疑过。可是，随后周语同便很快做出决定，答应千里给出不菲的金钱支持，做了不收回的打算。

无论周语同自己是否意识到，超越原本身份对情感的狭隘束缚，借家族识别出与下一代的关系从而集聚在一起，对年轻人给予帮助，实则有精神联结的向往与对人类发展的善意，这二者一次次推动着她个体的行为。对周语同个人而言，这样的行为还满足了在广袤时空中对个体意义感的需求，使得个人的精神世界更加宽广自由。在其独生女林树苗组建的不断壮大的家族微信群中更加明显——“上一代、上上一代的恩恩怨怨，在他们这里如此云淡风轻”。(第474页)而拴妮子给语同寄去自己淘磨的面粉，也是一个友善的信号。

可以说，《金枝》中的女性终于从仇恨的束缚中解放出来。其中精神联结的向往与对人类发展的善意，远超一个家族延绵故事的意义。

二、《金枝》中人与土地关系的重建

(一)周家五代人对土地的逃离

传统中一家之主多为男性，《金枝》中周家也本该如此，可故事里几代男性都离开了家。不仅第一代的周同尧、第二代的周秉正和第三代的周启明、周启善兄弟，第四代周拴妮的丈夫刘复来也曾想奔向自由，只是心愿未遂。到第五代，凡生在乡村的周家孩子，无论男女都顺着读书之路自然往城市去了。像万万千千个家族那样，印证着百年来由乡至城的轨迹。

在此之外，第一代的周同尧之妻、第三代中的养子周庆凡、周启明前妻穗子则牢牢根植在土地上。“君子之泽，五世而斩。”这样的留守故事在之前的文学作品中不少见，作为家族中处于次要地位的人忠实于土地，获得土地的庇护，更受到它的束缚。穗子接纳了周家大部分房屋地契而被判定为地主成分，这种经历在时代中确实存在，是历史的忠实描绘。

《金枝》中周启明祖母和穗子都坚信是读书让男人离开了土地。冥冥之中，他们所受的教育似乎成为他们继续留在土地上的巨大障碍，也给他们离开土地在外生存带来底气。第一代的周同尧成为英雄后又在时代变化中经历坎坷，但“解放前的老牌大学生”的经历和工作中的历练一道使他“与那些大字识不了几个的工农干部比起来确实是棋高一筹”（第83页）。再如，第三代的周启明，离家之时正在念师范，到“小延安”竹沟投奔了爷爷，因有文化，写简报、板报，被发掘为可用之才。又如，穗子抱怨第五代孩子们不再回来。这里指的是女儿拴妮子的四个孩子河开、鹏程、雁来和千里。民间“数九歌”在“河开雁来”之后便是一年中万物萌发的春耕时候，这两个名字是穗子起的;“鹏程”和“千里”这样前程远大的期待，则不属于她。孩子们的出息不能减轻穗子心里的委屈，她哭诉：“老屋咋就拴不住他们的腿？［……］考大学状元榜眼都有了，咱家在半拉县都有威名。可这些没良心的东西，一走咋就都不回来了呢？”

（第442页）

虽然城市户口曾经令女儿心动，但穗子坚信扎在土地上意味着拥有粮食、居所，更令人心安。城市中满大街贴着周启明大字报时，土地一度成为穗子认为自己可以庇护城里那一家的底气，是彰显自身能力的工具——“担心他们受委屈，把家里屋子都收拾好，粮食备得足足的，单等他们回来避难”（第477页）。

出乎意料，周启明并没有甘心回到土地庇护之下。几十年来，接母亲去城里、送母亲回来安葬，周启明只在几个时间点中短暂回乡。百年来那些毅然离开的人，不为土地的庇护所动。似乎总有更重要的权衡，使他们忽略这片土地所能立刻给予的，甚至通常看不到他们对这片土地的眷念。

（二）重拾与土地天然的亲近之感

不表现出眷念并非没有，《金枝》观察到有隐线将这些离去的人与土地相连。

离开的人在行动上重拾与土地的亲近，首先表现在周启明身上，主要在他作为老干部空闲下来后。原本逃离土地的束缚，年老了却在城市的家中半亩大的小院土地上种起了菜，他想如果母亲还在，这也会给她安慰——“种花种草，她活得也自在些”。（第268页）这块土地还使翁婿亲情浓郁。拴妮子的丈夫刘复来在来探望时帮助周启明建设这片生机——“每锹下去，都扎下去尺把深，把地下黑黝黝的土翻上来［……］再仔细撒上各种蔬菜种子。［……］菜苗就出来了，绿油油的，把周启明的

眼睛映照得湿漉漉的。”（第269页）

朱珠也是“看也看不够”的（第270页），感慨从前亲近土地的舒心之余，她也遗憾生长在城市的四个孩子“都不喜欢土地”，不能明白其中的乐趣，更不能从中获益，其中的代表是周语同——“每天不说吃饭，先吃一把药片，人瘦得纸片一样，还不是怪着不接地气儿？……语同怎么就不知道，阳光和风养人啊！”（第274页、第274—275页）

语同未必不能领悟朱珠所说的遗憾。《金枝》中，她与拴妮子比对，反思都市和村庄中生活的差别。在都市，焦虑挣扎，“好像驾驶着一辆奔驰的汽车，那刹车总是频频失灵，你甚至担心哪一脚会踏空”；在村庄，“一派天然”，生命“就像一棵无心栽种的树”，“从来都被土地拥裹着”，“是黄土地给了她天然的智慧和生长的密码”（第479页）。人对土地本就有天然不可抗拒的情感，在拴妮子赠送的老家土地中长出的吃食中，周语同也不得不自然感受到这种亲切。

周启明在临终前回到故土，像母亲那样，他有回归到熟悉的那片土地长眠的渴望。七十三岁时开始向相关部门要回自家部分宅基地，斥资十万建造四合院，这里不仅是他人生最后仪式中能避开老屋中前妻“旧债”的停驻点，还有那么一些重新为这片土地聚集人气的希望。在清明回到这片土地给父亲扫墓时，周语同在这个居所中感受到穗子和拴妮子默默的善意，才跨越了最后的隔阂，对这片土地产生了故乡的情感。

可是，个别人与土地亲近感的建立抑或一幢可供相聚的居所，并不能真正为这片土地凝聚人心，大部分时候人和土地仍有着遥远的距离。使土地重新与人联结起来的，是《金枝》中描述的新农村建设。

（三）新农村建设中土地与人重获联结

《金枝》中拴妮子主动给城里的周语同送这片土地里生长的吃食，不仅代表内心矛盾的化解，还有重拾的乡村自豪感，尤其这片土地上的小麦经由她的女婿——农学博士李庆余进行了改良。

李庆余是拴妮子小女儿周千里的丈夫，人如其名，继承了作为种子专家的父亲“让国家年年丰庆，岁岁有余”的期望（第482页）。他留在妻子家乡这片土地上，是由于新农村建设上的抱负。这片土地基础条件优良，等待被开发利用，妻子对老家故事的诉说，也增加了他的热忱。《金枝》中，李庆余由妻子带到老家考察，看到“土地辽阔，但却有大量的耕地闲置”以及青壮年严重流失的代表性农村问题，他清楚要改变传统耕种方式才能扭转“大部分人都放弃了土地”的局面——“把人困在地里不说，天涝了旱了的，一点办法都没有。再扣除种子、肥料、农药，几乎不剩下什么，哪赶得上他们进城里两个月打工挣的钱多？”（第483页、第483—484页、第483页）

前述在人与土地的亲疏变化上，知识曾扮演令乡村警惕的角色，现今，新农村建设中，科学知识对土地建设大有益处。

对穗子及周启明的祖母而言，读书使她们的丈夫、孩子离开土地，使她们失去了人生幸福，因此她们阻挠亲人读书，不希望他们受学校教育，典型的是穗子不让女儿拴妮子上学，以及恢复高考时阻止上门女婿刘复来考学。其实，早在刘复来在城里帮周启明打理菜园时，《金枝》便言简意赅地反映过知识对种地的帮助——“在种地这件事儿上，刘复来算是无师自通。这样说也有点夸张，书本也算是他的老师……他借助书本教给他的，出力比别人小，出活却比别人多。”（第276页）也正因为刘复来和拴妮子夫妇对教育的认同，才让儿女成才，也才有周千里带丈夫回来以科研惠及家乡。

首先重新聚集在这片土地上的是周家人。因李庆余选择这片土地进行农科院小麦育种试验，周启明的弟弟启善和拴妮子带着对这片土地的热情，各尽所能加入农田科学改造事业中；刘复来原本已作为特殊人才被引进到县高中教书，又心甘情愿回到这片土地上，以种田好手的身份，为女婿的农业研究提供实践依据，同时帮助下一代习得传统文化；在高校教书的周千里受丈夫感染，以化学助手的身份回到这片土地上协助研究。

自家人归来使得土地重新繁荣，这是周家前几代人未曾想到过的，连周语同这位多见广识的大家长也未预料到，这个长相和行事风格都像当年的穗子的女孩周千里，完成硕士学业后又攻读博士，开封买房成家后又和丈夫回到乡下用知识造福故土。作品中，在村七年，李庆余帮助乡村更新技术和观念，支持了新农业建设，研究出的豫麦新品种，使得小麦亩产提高七百斤，在抗病虫害、抗大风倒伏、出粉等对小麦至关重要的方面也有改进。在他主导下，人心与人力已被重新聚回到这片土地上，科研成果还将造福更多片土地。

广袤的土地与人重新扎实地联结起来，更多人将在土地上获得确实的归属感。对这共通的建设意愿的观察，也使《金枝》突破了一般家族史书写的视野。

《金枝》这部作品的家族历史书写本身，对于目前原子化时代的读者来说，是重要的家族经验拓展。书名直接对应了作品中数次出现的对家族中“金枝玉叶”般的后代的观察，作者在一些访谈中反映出来的对后代们的美好祝福也与之应和。

但作品实际已超出了对家族历史的书写，而别开生面。人们逐渐打破身份对情感的狭隘束缚，女性间的恨意终究为精神联结的向往和对人类发展的善意所替代，个人的精神世界也因此有了自由宽广的可能；周家几代男性逃离了土地的束缚后，部分人尽己所能地重拾了与土地的亲近感，但重新扎实联结起人与这片土地的，是周家人参与其中、以科研惠及农村的新农村建设，这还将帮助更多人找回对土地的归属感。

奔向恢廓的情感，返垦温厚的土地，作品最终呈现的广泛的善意和共通的建设意愿，让人联想到弗雷泽的同名人类学著作《金枝》中所分析的，维吉尔“让埃涅阿斯在进入幽暗的阴间时随身带着一根槲寄生的光辉树枝”，“带着它就能勇敢地面向征途中可能遇到的任何艰难险阻”。[1]

（发表于《当代作家评论》）

[1] ［英］J. G. 弗雷泽：《金枝——巫术与宗教之研究》（下册），汪培基、徐育新、张泽石译，北京：商务印书馆，2013年，第1091页。

第二辑

“现成性”规约下非虚构写作的事实建构

一、讨论背景：国内非虚构写作的兴起及现状

据董鼎山发现，1978年全美最受重视的图书畅销榜单已区分虚构和非虚构。[1]而在中国，区分作品虚构与否的意识本不明显，到近些年来非虚构写作才蔚然成风，专门的文体称呼代表对非虚构写作前所未有的重视。杂志纷纷开设“非虚构”专栏，评奖中分立门类，并出现了工作坊等。新文类产生的同时，人们得以重新认识并更加重视以往一些作品的非虚构性质。

学者张涛甫称非虚构写作“穿越于文学和新闻之间”。[2]其在阅读市场的活跃表现，不仅与小说构成某种程度上的竞争，还成就着新闻的改良。去除了虚构加工、抑制着情感发挥，非虚构写作审慎地走进现实。然而，问题随之出现。在许多写作者信心不足的同时，有些人堂而皇之打起这面招牌，2019年一

[1] 董鼎山：《美国1978年度最佳畅销书》，《读书》1979年第2期。

[2] 张涛甫：《非虚构写作：对抗速朽》，《新闻记者》2018年第9期。

创作团队竟将真实性受质疑的爆款长文声明为“非虚构写作”。非虚构写作的写实应当接受严肃的判别，但另一方面也不能矫枉过正而要求绝对的客观。如文学批评家黄德海所说，“依赖于人对所谓现实的认识，却并不就是‘客观现实’”[1]，以完全客观的认识和呈现来要求将使得这一文体在现实中偃旗息鼓，更使事物回到类似“物自体”的状态，无法对之进行写实的言说。

认识非虚构写作，需了解其对事实进行了建构，其写实并不等同于将客观标本直接挪移到纸面上这一理想状态，而是经主观观察理解后，才以文字形式对事实进行整理后的表述，不可避免包括了主观参与，但不包含对事实的有意歪曲。从观察理解事实到叙述呈现事实的转换过程中，必然经历了叙述体量缩放、叙述重点裁剪、不同事件编织等转换过程，这些过程背后，是主观的参与其中。

本文旨在明晰非虚构写作对事实进行的建构，在受“现成性”禁锢的前提下，还采用对事实进行颗粒度细化及主观筛选和编织等手段，而如此建构之下，非虚构写作中的事实仍然是敞开的。

二、概念要求：非虚构写作的写实底线

非虚构写作可追溯到20世纪60年代美国“新新闻主义”的

---

[1] 黄德海:《虚构 · 非虚构 · 三重练习》,《扬子江评论》2018年第5期。

非虚构小说。“以写实为底线”“一个极具弹性和包容想象力的文体，似乎什么都可以有，但就是不能有虚构”，清楚解释了此概念中强大的包容力和分明的拒绝边界。[1] 非虚构写作概念的引入，最直接作用是在原有体裁容量空间上的突破：以写实为唯一清晰的标准，用强大包容性冲破体裁上的一般桎梏。除严格的写实标准外，尚未对之限定其余要求，这种状态是其概念中的有意为之。

无论在美国还是中国，其称呼的包容性都现实地解决了作品归类的问题，是不轻易向已有类别模糊妥协的结果。2010年，《人民文学》杂志启用“还真说不清楚”的“非虚构”，是不愿勉强使用已有文体分类，看中了这个称呼之下的包容性。[2] 后来，国内许多作品也渐渐被追认出非虚构写作性质，而之前多以文学之名混迹于虚构作品。时任《人民文学》主编的李敬泽曾说“非虚构”“看上去是个乾坤袋”，但处理稿件时“做的最多的一件事”就是“删掉作者的抒情和议论”。这还是出于对写实要求的考虑。抒情和议论作为基础表达方法，有写作者强烈的主体性在其中，容易造成自由发挥，违背写实原则，也易束缚视野格局、影响抵达的深度——“人类生活不是为了成为你抒情和议论的口实，它自有意义，它比你大……你得怀着敬畏、

[1] 张涛甫:《非虚构写作：对抗速朽》,《新闻记者》2018年第9期。
[2] 编者:《留言》,《人民文学》2010年第2期。

谨慎去接近它。”[1]

在非虚构写作中，现实是要跋涉抵达的目的地，因此惯常用叙述、描写的表达方式来呈现，虽不可能绝对中立，但本意是呈现而非预设和借用。技法层面上的警惕，目的更在于打破写作者心理上为自身主体所笼罩的强大桎梏。总之，写实底线在“非虚构写作”概念中非常重要，严格的写实底线和其他方面的宽容，共同筑造出这个概念。

三、实践遭遇：非虚构写作的“现成性”规约

在明确了概念的写实要求之后，再从实践方面看。作家王安忆因“现成性”对文学性的破坏而具有的担忧，很能够说明困难之处。十多年前，王安忆曾将虚构与非虚构比对分析，认为虚构是“生活在局部里的人，狂妄到要去创造一个完整的周期”而发生的，非虚构则只能取“特别漫长”的“自然的状态”的“一个片段”，受着人生是“一个周期的一小段”的限制。相比虚构，她感慨非虚构受到过多捆缚。除了时间视野上缺乏“完整的发展”，她认为采用此种方式写作要基本顺从发生了的现实，是“现成”的，“几乎是无条件地接受它，承认它”，这“放弃了创造形式的劳动”，“也无法产生后天的意义”，造成非虚构

[1] 李敬泽:《关于非虚构答陈竞》,《杉乡文学》2011年第6期。

作品在形式、意义和审美上的失落。[1]

王安忆从写作实践经验中深切感受到采用非虚构态度写作的遗憾。坚持写实为核心，写作者的才华是被压抑的，写作者必须时刻反顾是否对非虚构的原则产生伤害，并在审美与现实冲突时选择事实。由于非虚构的“现成性”特点，最勤勉的写作者也被迫在构造上“懒惰”，而无法起到对可能发生的事实平庸和事实缺失起到补救作用。这些损耗对写作者本人和作品本身而言，都非常可惜。黄德海也认为，“非虚构写作者受到如现实所是那样写作的限制”，但这给非虚构的写作者指出了努力的方向，“更殚精竭虑地对自己的素材下功夫”，“故此能够更好地写出现实极为深层的微妙关系”。[2]

从文学的角度来看被现实禁锢而损耗太多、难以“起舞”的非虚构写作，换作新闻角度看，竟能在传统困境中开拓一方新天地。依赖现实、限制发挥在新闻作品写作中是起码的纪律要求。在符合这个要求的情况下，非虚构写作的作品显然比传统新闻作品“好看”，也更加深入事实。从新闻发展的角度考虑，张涛甫欣慰于非虚构写作的拓展：“在主流新闻叙述目力未及之处，力有不逮之时［……］弥补了主流新闻叙事的盲点，拓展了新闻表达空间，增强了新闻表现力。无论从新闻议题、新闻表现力，还是从写作主体角度看，‘非虚构写作’皆弥补了既有

[1] 王安忆：《虚构与非虚构》，《天涯》2007年第5期。

[2] 黄德海：《虚构 · 非虚构 · 三重练习》，《扬子江评论》2018年第5期。

新闻表达的不足。”[1]加之读者方面的热情响应，共同从外部说明，非虚构写作中的活力并未因为对现实的依赖而耗尽，此外，虽然“现成性”禁锢着非虚构写作，但在虚构写作中，现实是对创作灵活而强大的支持。王安忆重视虚构作品中逻辑的真实感和对现实材料的改造使用，明确自己虚构的是“一种现实”“从在地攫取材料”。[2]一方面这是由于写作目的上，她想以虚构形式探讨现实人类的“应然”问题，兴趣落在人类的生存现实上；另一方面，现实确实能给予虚构很大帮助。早在20年前她便指出，虽然小说是“个人的心灵世界”，但是现实世界是心灵世界的建筑材料，而“困难和陷阱就在这里”。[3]

非虚构写作因写实要求而备受“现成性”缺憾的束缚，但活力尚存。黄德海认为，“短时间内脱颖而出，一个重要的原因，大概是人们所称的，虚构类作品已经远远跟不上瞬息万变的现实，甚至连深入现实的可能也在一点点丧失。”[4]

四、展开事实：非虚构写作对事实的颗粒度细化

虽受“现成性”约束，但在满足写实条件下，非虚构写作

[1] 张涛甫：《非虚构写作：对抗速朽》，《新闻记者》2018年第9期。

[2] 孟繁勇：《久远时光中的世间常情》，《凤凰周刊》2019年第7期。

[3] 王安忆：《心灵世界——王安忆小说讲稿》，上海：复旦大学出版社，1997年，第1、11页。

[4] 黄德海：《作为竞争的虚构与非虚构》，《东吴学术》2017年第2期。

可集中展开事实本身的丰富性，一定程度上弥补了“现成性”的缺憾。

事实本身是丰富的，观察颗粒度越细，观察出的内容便越多；细颗粒度不只是场景细致刻画，更是从内部深度打开事实。如同牛顿物理中认定“每个粒子都独自遵循着一条明确定义的路径”到量子级别的观察中则“取每一条路径，并且同时取这些路径”[1]，在“现成性”约束下可形成不同级别的事实观察，打开一个面向深入呈现事实，或细致挖掘多方面并呈现和包容这些不同角度的观察。

非虚构写作中，能以家族回忆或个人遭遇生动揭开历史或当下一角的作品很多，多角度观察的包容呈现则特别明显地反映在有关新闻热点的追踪中。如，2017年唐山一起交通事故后肇事者丧生，其家属起诉见义勇为者，引起激烈网络讨论，媒体纷纷以非虚构写作方式跟进，多重角度观察，人物变得立体。以“谷雨实验室”的报道《好人难寻》为例，写作者在采访调查后清楚呈现了多个角度，使读者获得细颗粒度信息。见义勇为的朱振彪：曾经的缉毒警，家中独子，见义勇为方面受父亲影响；因家人不愿其有闪失，其回到海边生活，并进国企工作，新婚不久；在追赶肇事逃逸者中体现出职业习惯、良好体能和职业素养。肇事逃逸后死亡的张永焕：家里宠爱的幺儿，亲戚

[1] ［英］史蒂芬·霍金、［英］列纳德·蒙洛迪诺：《大设计》，吴忠超译，长沙：湖南科学技术出版社，2011年，第63、64页。

好评其对晚辈没有架子、很疼妻子；有小偷习惯，“严打”间入狱七年，第一任妻子与其离婚；曾做海边窑工苦力，第二任妻子病死百天，为准备新婚彩礼出门讨要这份薪水；讨要不成后还成为一场交通事故的肇事者，逃逸被追赶中拒不停步，撞火车后最终失去生命。交通事故受伤者张雨来：不熟悉陆地生活的渔民，因送孩子才在陆地开摩托；被撞后失去部分记忆和养家糊口能力；按海上规矩本不想追究已死肇事者责任，但为朱振彪鸣不平而帮着起诉，过后默默撤诉。

细颗粒度的呈现，其作用不止于在作品文本上形成真实好看的情节，还使读者从充实信息量中直接获得逻辑和自行组建逻辑。对朱振彪而言，追赶肇事逃逸罪犯是正义的，家庭熏陶和职业习惯下不能不做。张雨来为见义勇为者的遭遇鸣不平，因此不顾自己认同的风俗向张永焕索赔。死者张永焕一方，作者也挖掘得较为丰富，其子的索赔，有一套事实逻辑和形成环境：张永焕亲属给出张对晚辈谦和的印象，认为其与妻恩爱，但忽略其丧妻百日即备新婚，还以充沛爱护中长大却在生子后开销不足来解释张的偷窃前科，从曾坐牢的心理阴影上理解交通肇事逃逸，认为朱的执着追赶逼死了他。

将各角度细致采访的信息放到一起，在相互补充与碰撞中，《好人难寻》使读者从逻辑自洽和矛盾中获得更全面的事实认知。同在一个非虚构平台，《非化妆不可的人》呈现了一个生理性别为男性而坚持女性装扮爱好的小人物的日常人生，作者兼顾以日常社会标准下普通人的角度和作品中主人公的角度来描述事实，张力便自然地出现了。而金宇澄的《回望》用地方志、书信、相片、日记、车票、家具、在校证明、剧本草稿等事实物证，和口述回忆一起，共同打捞还原出个人参与的历史空间。

对事实的颗粒度细化，是非虚构写作在“现成性”约束下进行的建构；事实内部丰富性的展开，也离不开写作者对事实的主观参与。

五、主观参与：非虚构写作对事实的筛选和编织

事实的颗粒度细化离不开写作者的辅助参与，写作者也主观形成非虚构写作中事实的筛选和编织。写实要求限制了写作者规划的部分权力，个人特质的表现不能破坏写实，但写实中依然有作者的主观理解，并做出了事实呈现与否、事实呈现焦点等多方面的写作决策。非虚构写作平台“人间”负责人关军指出，作者要有“足够的智识”，非虚构要“承载作者的判断”。[1] 人们往往期望完全排除主观性的影响以获得客观实在，但没有主观的参与，纯粹的客观实在其实是难于认识的。写作者主观理解选择对事实呈现的影响并不清晰可辨。一方面影响隐藏在事实中不易区分；另一方面力求写实，作者时有主动隐身减少

[1] 刘蒙之、张焕敏：《非虚构何以可能：中国优秀非虚构作家访谈录.Ⅰ》，北京：中国社会科学出版社，2018年，第106—107页。

干扰的意愿。如2018年《收获》文学排行榜“非虚构榜单”第一名的《沈从文的前半生》延续前作《沈从文的后半生》写法，一个显著特点是克制和巧妙地做到了尽可能见诸沈自己的表述。[1] 但在传记线索的深远考虑、事实理解的到位上又见“希望能够思考一个人和他身处的时代、社会可能构成什么样的关系”的主观意志。[2]

非虚构写作追踪的问题往往具有公共性，这来自写作者对事实价值的识别和筛选。非虚构写作者在写作初衷上几乎都希望写作涉及一定的广度或历史意义，新闻方面的非虚构写作由于专业责任和市场需求而对选题公共性的重视自不必说，不被外界责任和市场约束的个体作者的非虚构写作行动上，也有这样的共通之处。作家陈徒手《人有病天知否》呈现变动时期中国知识分子的境遇和行为，不仅是个人的“寻找”和“解读”，而且是“肩负道义责任的历史追溯”。[3] 历史价值意识在贾植芳先生《狱里狱外》的回忆录写作上也很明显。

写作者有固定的事实关注点，相关事实在同一作者不同回次的非虚构写作中反复被呈现。这是由写作者的诉求造成的，典型反映在袁凌作品中。袁凌偏好关注弱者群体，由点及面，不

[1] 张新颖：《沈从文的后半生：1948～1988》，桂林：广西师范大学出版社，2014年，第1—2页。

[2] 同上，第354页。

[3] 刘蒙之、张焕敏：《非虚构何以可能：中国优秀非虚构作家访谈录. Ⅰ》，第65页。

仅在不同非虚构作品中写出底层社会生活不同人的相似生存困境，还有意识地选择关联人物，以不同作品从不同人物角度编织出同一个空间。例如，特稿集《青苔不会消失》的《雪煤上的青苔》中，袁凌着重呈现了因矿难瘫痪后坚强谋生的王多权的人生，并借此向读者打开了同样世界中凄苦卑微的成年人的日常人生；而发表在《收获》后又收进同名书籍的《寂静的孩子》系列作品中，"针脚编织的时光"一篇，照顾王多权的侄女红林成为作品的主角，农村的惨淡悲哀在以她的日常和身世为主的故事中呈现。又如，《青苔不会消失》中的《大凉山生活：日常的和忧患的》与《寂静的孩子》系列的"学前班的十七岁少年"和"带我到山顶"在情节重叠中互有侧重和补充，都详细勾勒出彝族农耕社会与现代社会的隔膜。

两部非虚构写作集，表现出共同的聚焦和诉求，作者印记明显，都用到了"消音"一词，部分篇目互有补充，也各有重点，共同使得同一世界中生活困境相似的人物反复发声。袁凌的写作"浸没在这些人的命运里"。[1]

由写作者强烈的诉求而形成的事实编织之外，还存在着多种主观编织。除了写作动力，专业知识、人文素养也都影响着非虚构写作者对事实的主观认识，继而影响非虚构作品呈现的最终面貌。当下西方作者以中国为对象的非虚构写作，在翻译

[1] 袁凌：《青苔不会消失》，北京：中信出版社，2017年，封四。

成中文后又在中国市场流行的现象，清晰展现了非虚构写作者对事实的主观搜寻、编织所起到的作用。

以美国彼得·海斯勒的《寻路中国》为例，据版权页信息显示，2011年1月在中国大陆上海译文出版社初版的简体中文版，到2019年1月止已被印刷21次，累计发行286000册；还有台湾八旗文化出版社的繁体中文版。这样的畅销景象几乎让人忘记，中国读者市场其实是“附赠”的。这种吸引力来自作品中显示的不同视角、不同发现以及有趣的行文。不同是由文化差异下写作者不同的人文素养、知识储备和表达习惯共同形成的。

读者从异域写作者主观带来的与众不同中，获得新鲜视角，甚至找到认同。彼得·海斯勒用“机动车驾驶员理论考试”试题的答案比对中国交通实际，看似教条主义，却巧妙地以极强的洞察力，恰如其分地描绘出中国社会网络与个人生存状态。又如，英国扶霞·邓洛普以自己原有的饮食文化和习惯口味为背景，形成品谈中国菜的新角度。《鱼翅与花椒》序言中，她打趣说：“吃别国的菜……你就不可避免地失去自己的文化归属、动摇最根本的身份认同。”[1]记叙的这些“出乎意料”和“不可思议”，对中国读者而言，是另一种全新视角的产物，也如同“吃别国的菜”，中国读者看到本国的时代特征和个体状态。

---

[1] ［英］扶霞·邓洛普：《鱼翅与花椒》，何雨珈译，上海：上海译文出版社，2018年，第7页。

以上例子的阐述，当然不能囊括非虚构写作中写作者主观筛选和编织事实的种种情况，但可以提示写作者的主观建构确实存在及其作用的不可忽视。非虚构写作的事实，是写作者关注、理解下的事实。

六、持续开拓：非虚构写作仍然保持事实的开放

非虚构写作是抑制着写作中可能发生的与写实原则冲突的部分来写的，但读者从非虚构写作阅读中获取的见识，却可能与写作者在作品中刻意提示的事实准星有所偏差，或超过写作者认为自己所提供的事实量，从而使作品呈现效果达到意料之外的广度。这是由于虽不可避免有主观参与，非虚构写作却始终专注于写实，未在建构中使用主观的权力限制事实、封闭事实，维护了事实的可延展性，即可与不同读者经历经验的外在事实等一起，形成新的编码。

还是以《寂静的孩子》为例。袁凌的写实是严格的，写作的关注点和写作目的是清楚的。引言中介绍，他的方式是探访受助儿童、倾听他们，与他们的家庭一同生活数日以传达可靠的记录；他期望为群体发声、呈现问题，反顾人在命运伊始的模样，并关照和周遭人事联结着的命运。他虽聚焦在孩子，又在相处中实实在在地与多群人的多重问题遭遇，这种不刻意的遭遇，使得写作与问题贴得更近，其本意要呈现的内容已经有

深远社会性意义，实际呈现的比他预期的聚焦还要丰富，达到的效果也更广阔。《寂静的孩子》摊开生活的一个个面来、打破对当下童年生活的刻板印象。仅凭《收获》2018年冬季长篇专号中短短八个探访的写作，便无意中呈现了人类学家们关注的三种童年形式。

第一种童年形式存在于“男孩的情诗”“驴皮记”和“缝纫机和大富翁”等篇中。孩子无须承担劳作，尽受关爱照顾，家人牺牲自我发展、承担外部压力，为儿童提供更好的生存环境，对儿童的唯一要求是在教育中获得自身发展。与之相对应的第二种童年形式，是儿童必须扮演小大人角色来维持家庭的正常运转，如《寂静的孩子》中的石雪莉、罗红莲、姜静悦、王红林。这样中坚力量缺失的家庭，一方面依靠儿童完成一些工作；另一方面，老人急切传递劳动经验，严格训练，使儿童尽快拥有独立生活的能力，以规避未来风险。“学前班的十七岁少年”中表现出第三种童年形式。觉力的儿童身份，是现代文明的门槛决定的。他缺乏获取外界信息的基本读写能力，缺乏既是个人健康保护又是社交礼仪基本要求的卫生习惯。波兹曼《童年的消逝》中认为印刷术的普及使识字成为获得知识的重要前提，区分是否为成人身份，而获得识字能力的前提是接受教育，学校的意义便在此。[1]学前班教育为通往成人的多年学习铺设基

[1] ［美］尼尔·波兹曼:《娱乐至死·童年的消逝》，章艳、吴燕莛译，桂林：广西师范大学出版社，2009年，第157—317页。

础，适合觉力的水平。

以上这些记录的人类学意义与袁凌原有的表现意愿没有高下之分，但显示了非虚构写作中事实是保持开放的，可与读者的经验相连。

非虚构写作作品为何能够超出作者的预期？源头还是其特有的写实。非虚构写作对事实的建构方式限制、弱化了作者规划事实的权力，从而使得非虚构写作中的事实与无边的事实连接在一起，包括读者经验一道，再进行编码。

如此敞开事实，没有通过缩小对象而取得对世界秩序和意义的赋予，如同诗人冯至曾希望自己的诗歌能够像“秋风里飘扬的风旗”，能“把住些把不住的事体”，而不认可用瓶取水能定型水本来的“泛滥无形”。[1] 文学批评家张新颖解释，风旗“在和周遭远近的事物的互动中展现自己，也同时展现这些互动的事物”，而用瓶取水来给水定型，如同世人以有限大的手去把握无限大的世界，“凭借理性去赋予这个对象以秩序和意义”，但这类“把握”的方式是“对它进行切割、划分、规划”，是“通过对对象的缩小来把握对象的”。[2]

非虚构写作的写实在弱化作者“规划”权力的同时，又以承认认知边界存在的方式，即作品所能把握的写实是有限的写

[1] 冯至:《十四行集》(第27首)，张新颖选编:《中国新诗1916～2000》，上海：复旦大学出版社，2011年，第78页。

[2] 张新颖:《瓶与水，风旗与把不住的事体——冯至〈十四行集〉第二七首新解》,《当代作家评论》2008年第4期。

实，承认了世界的无限，获得了作品与外在实在互动的空间。而非虚构写作中的写实，本身是和外在实在联系在一起的，从而更具有延展的基础条件。

结　语

以写实为底线的非虚构写作，始终受着“现成性”的约束。但非虚构写作不是事实的碎片，非虚构写作通过细化事实颗粒度、对事实进行主观的筛选与编织等方式对事实进行建构。同时，对事实的建构并未赋予非虚构写作狭隘地封闭事实的权力，作品中的事实始终保持着开放，允许阅读者以自身主体经验继续深入事实、丰富事实。由于这样的建构，非虚构写作文体才真正胜任了对人类世界的系统写实。

（发表于《当代作家评论》）

从《四象》叙事层面看梁鸿虚构写作与非虚构写作之间的张力

2010年9月,《人民文学》第9期在刚刚开设不久的“非虚构”栏目中发表了梁鸿的《梁庄》。作品发表时，编者希望“从个人到社会，从现实到历史，从微小到宏大，我们各种各样的关切和经验”都能从新开的“非虚构”栏目得到呈现。[1] 随着《中国在梁庄》出版，作为非虚构写作者的梁鸿与新鲜的非虚构写作文体一同，得到了更多中国读者的关注。但梁鸿本人似乎并不想被捆缚在非虚构写作文体属性的标签中，而更在意写作时选用文体的妥帖恰当。这些年，由《中国在梁庄》《出梁庄记》到《神圣家族》《梁光正的光》，梁鸿的创作在文体上呈现从非虚构向虚构的转变。

2019年9月，梁鸿的《四象》在《花城》第5期“长篇小说”栏目发表，随后也单独出版成书。《四象》以虚构写作方式完

[1] 编者:《留言》,《人民文学》2010年第9期。

成，却广泛而深度地呈现多种“关切和经验”，如当年“非虚构”栏目中期待的一样。批评家黄德海提到作品的充沛容量：“在作品里，这无数的声音，包含着中国近百年来的复杂历程，包含着历史深处每一次转折的困难和际遇，包含着当下社会可能面临的巨大问题和可能，包含着时间大潮中每一个具体生命的哀乐，包含着置身当下的人们曲折的心思和委婉的心事……”[1]“关切和经验”的传递没有因其虚构文体的选用而失色。虚构的写法，让作品中的精神分裂者有了与亡灵相遇的契机，拉开了时间的跨度，给作品不长的篇幅内合理增加了历史的不同面向，使现实得以更加敞开，并贯通起两者来；作品中亡灵世界内外生活和秩序的想象架构、四个主角个性言语和思想的虚构设置，也带给读者新鲜而具冲击力的阅读体验。

《四象》的虚构富有创造性，可这里的虚构不是无源之水、空中楼阁。在对《四象》文本的细读和梁鸿先前作品的佐证下，可以从叙事层面探析《四象》如何虚构，发现梁鸿写作中虚构写作与非虚构写作之间的差异与关联，也即二者间存在的张力。

一、《四象》的虚构故事同样密切关联着真实人间

虽然《四象》的虚构性质是张扬的，且叙事中有亡灵世界

[1] 黄德海：《像亲人在黑夜相逢——梁鸿的“四象”》，“花城”微信公众号（huacheng1979），2019年10月31日。

的描述部分，故事实际却是指向真实人间的。梁鸿非常喜欢《四象》的原因之一，就是“它与现实世界是这样一种变形的，但又密切的关联”。[1]

《四象》的虚构性质是明显的，四个主角中有一名精神分裂者，三个地下亡灵。精神分裂者的身份，使韩孝先的所见所闻在现代社会中具有不可靠性。尽管现代社会的宗教体系中仍有亡灵的位置，但作品中出现的地下亡灵参与到事件中，且没有显示作者有任何途径去观察到这些事件，在一般读者的认知中，作者已明示了虚构的性质。作品分春、夏、秋、冬四章，每个季节都有固定的四个主视角。作品主要由虚构的四个主视角的观察、回忆和互相交谈构成，在每个季节中轮流切换，又与现实社会人们互动。故事便在四季的一个轮回中完成了。

四个主角之前的不同经历紧扣着社会历史问题与当下出现的弊病。韩孝先是从乡村去到城市中读大学的优秀年轻人。他在遭遇了女友情感上的背叛、老板经济利益原因下的谋害后，精神分裂了，在家乡放羊时从墓地偶然跌进了亡灵世界。“他和三个人聊天、说话、学习，经过一系列事件之后，重返城市，被尊为大师。……这三个人其实是墓地里的亡灵。”[2]

这三个虚构的亡灵，分别是一对堂兄弟韩立挺、韩立阁和

---

[1] 梁鸿:《写作与世界的关系——在伦敦光华书店的演讲》，“人民文学出版社”微信公众号（rwcn166），2019年3月15日。

[2] 同上。

小女孩灵子。韩立挺生前是基督教的牧师，被村里人称为“长老”。少时经由年长牧师的讲述，在他出生前发生的山西巡抚和义和团火烧基督教牧师、教民的惨事刻入了他的记忆；在他后来的人生中，也见到人间的暴行，这使他不寒而栗，当时却也不敢宣扬上帝的仁爱精神、阻止暴行的进行，为此他长久生活在背叛上帝的自责中；他被村人厌弃，年老后被送入地窖，不给供养，他顽强地活到九十多岁才结束了羞愧而屈辱的人生，他认为长寿之辱是上帝对他的惩罚。韩立阁是韩立挺的堂弟，祖辈捐钱修路、出资盖教堂、善待佃户，他认为自己在当官后也厚待本村村民，但还是猝不及防在“运动”中被村民出于私利私仇胡乱审判砍头；韩立阁的母亲和妻子亦受其连累，被羞辱和攻击，在众人狂欢式的暴行下悲惨死去。在人间生活最短暂的是尚未成年的小姑娘灵子，她在事故多发路段被人推倒后被车撞死。在事故发生前，她已被父母厌弃，其父母痛苦婚姻背后也隐隐有着特殊的无奈。灵子死亡后在与自然的相处中感受到快乐，大部分时候表现出天真烂漫的满足。

没有后人在此地，三个地下亡灵的所思所想还是关乎人间的。韩孝先既能与世人说话又能与他们沟通，三个亡灵对韩孝先有所期待。韩立挺、韩立阁都基于对人间的信念希望通过韩孝先来完成自己的愿望。他们的愿望是相反的：听闻和目睹了众人耻辱暴行，韩立挺仍坚持对基督教的信仰，认为要慈悲，希望通过韩孝先拯救众人；韩立阁则一心复仇，认为这是大义，希望通过韩孝先惩罚众人并改造社会。灵子的诉求围绕自身，希望找到至亲并理清自己的死亡原因。韩孝先本人思念着城市中曾经的恋人娟子，且想搞清楚事实、向曾经陷害过他的人证明自己并复仇。

比起三个亡灵对韩孝先寄托的愿望，《四象》中世人的赤裸诉求则贪婪而愚昧，也是真实人间的反映。韩孝先失踪在坟地后得返人间又有三个亡灵的辅助，在旁人看来，具有了“先知”的能力。基于此，官商权钱和普通蒙昧各有所图地接近韩孝先，他随之扮演起了寺庙上师、国医馆传人等角色，拥有了难以置信的权力，又被作为敛财工具监禁起来，并被效仿。热闹中将故事推向不可思议又合乎逻辑和现实景象的滑稽。

最终，韩孝先在面对不义的愤怒的自我抑制中坚定摈弃复仇的欲念，使得私念化为让生死之间秩序重新恢复的最终行动。《四象》中说“我是隐匿在人间的救世主，我不会让他们乱了秩序……我回到这河坡上，就是为了承担这一使命”。韩孝先找人筑起高墙，重新将人间与亡灵世界阻断，以自己“通灵”力量的消失为代价来抑制人间和地下的人们贪婪的愿望。在韩孝先的努力与坚持下，大地重归宁静，留在人世间的韩孝先陷入长久的孤独。

《四象》以虚构的形式，同以往梁鸿非虚构的作品一样，重心在真实人间。作品是虚构的，却直指当下社会上一些由贪婪与愚昧交织而成的闹剧，同时也破碎地反映了社会行进中有志参与者的不同想法与心路转变，显示了普通人在社会历史中付出的惨痛代价与可能无知扮演的可怕角色。梁鸿本人也认可《四象》的这种真实——“这一真实性甚至是粗暴的，以至于最终能达到某种隐喻。”[1]

二、虚构亡灵角色对之前非虚构写作的延续及补缺

亡灵主体不会出现在非虚构写作的写实中，可《四象》虚构亡灵角色与梁鸿之前的非虚构写作是有关的。亡灵角色张扬了《四象》的虚构性质，但其构造的条件和需求中都呼应着梁鸿之前的非虚构写作，是对非虚构的延续发展和对其中遗憾的弥补。对梁鸿之前非虚构写作的延续，主要在继续通过死亡的事件关注人的生命和便捷取用其中素材两方面；对遗憾的弥补，主要在满足情感中对亡灵世界的需求和可以对材料进行发挥处理两部分。

《四象》亡灵角色的构造，延续了梁鸿非虚构写作中对死亡事件的关注。梁鸿的非虚构作品《中国在梁庄》《出梁庄记》中，就已有不少对真实死亡的记录。经由编辑指出，她意识到自己写作中“‘死亡’竟是‘梁庄’如此正常的风景和如此隐蔽的结构”，分析自己写这些死亡的原因：既是想写出在世间万

[1] 梁鸿:《写作与世界的关系——在伦敦光华书店的演讲》，“人民文学出版社”微信公众号（rwcn166），2019年3月15日。

物中人的生命的普通，也是想写出人的生命精神和形态的复杂；在后一点上，她认为，“即使同归死亡，其精神和形态也是各异的”，生命存在“复杂性、差异性”。[1] 对死亡事件的关注延续到虚构的《四象》中的表现，是亡灵角色的出现。又因为对人的生命本身的关注，《四象》中死后的亡灵，仍继承了人间的特质，有不同亡灵类别与各自的性格，丰富如同在人间。

能够构造丰富的亡灵形象，也是有前期基础的。《四象》故事的背后有梁鸿熟悉的真实素材在起作用，可从梁鸿非虚构作品等之中得到一些印证。在其非虚构作品中，可以看到失意的文学青年、孤寂的牧羊人、信仰基督教的村民、对《周易》感兴趣的基层文化人等人物形象。相对应的是，《四象》主角之一的韩孝先具有失意文学青年和孤寂牧羊人的身份，虚构故事中出现了懂得《周易》文化的人和基督教思想、基督教徒等。一些梁鸿写作中提及的故乡真实所见，或浓或淡出现在《四象》的故事情节里。

梁鸿之前的非虚构写作对《四象》中亡灵角色的塑造起到重要的材料作用。《中国在梁庄》中梁鸿告诉读者，父亲是“村里的活字典”，“对村庄的历史，三辈以前的人员结构、去向、性格、婚姻、情感及来龙去脉都清清楚楚，如数家珍。而新中国成立以后村庄的权力纷争与更替，父亲更是了然于胸，因为

[1] 梁鸿：《历史与我的瞬间》，上海：上海文艺出版社，2015年，第78、80、79页。

他就是参与者，所不同的是，他是以一个‘破坏者’和被批斗者的形象出现的。”父亲是梁鸿的重要采访对象之一，他的“破坏者”和“被批斗者”位置，使得梁鸿在塑造三个不同于普通逝者的亡灵角色时更加生动，村庄中的其余受访者也给了梁鸿一些不同方面的认识。这种种使得梁鸿在写作《四象》时得以听见“被阻隔在时间和空间之外，只能在幽暗国度内部回荡”的声音，并且在“想让这片墓地拥有更真实的空间”时是有底气的。[1]

对死后可以变为亡灵的形式继续存在的想象，自古至今给了无数人以情感上的安慰。在某些宗教信仰中被认可而非虚构写作的采访中无从了解和见证的亡灵，在虚构中能够被展现出来。从梁鸿对父母私人情感的角度，可以理解她想象亡灵的存在来打破生死界限和死亡静寂、完成非虚构所不能满足的任务的需求。据《四象》后记[2]，早先母亲故去，已经使得梁鸿的想象中存在地下的另一世界。在父亲去世的第二个冬天，梁鸿去墓园，在与其父生前热闹形成强烈反差下的墓园寂静中，由于对父亲的深厚情感和深切思念而自发地尝试了逝者在地下的视角。父亲是梁鸿写作故乡时的合作伙伴，对《中国在梁庄》和《出梁庄记》两本书的形成起到了不可替代的作用，梁鸿把这

---

[1] 梁鸿:《死者不会缺席任何一场人世间的悲喜剧——梁鸿〈四象〉后记》,“花城”微信公众号（huacheng1979），2019年11月4日。

[2] 同上。

两本书一同献给逝去的父亲。在这之后，梁鸿又写作了虚构作品《梁光正的光》编织父亲的过往，在后记开头写："毋庸讳言，写这本书，是因为我的父亲。"[1]父亲如果地下有知，将会不堪忍受在墓园中的寂寞，她感同身受，并想为其做出改变，因此开始设身处地去为他"搜集"墓园的声音。《四象》从春喧嚷到夏，夏喧嚷到秋，再到冬，一个轮回之后终于归于寂静，在这无数声音的喧嚷中完成的宏大、复杂的呈现，也是梁鸿对其父的祭奠与体贴。虚构作品中，从专心编织构造父亲生前的《梁光正的光》到气势磅礴、雄心勃勃的《四象》，梁鸿完成了某种沟壑的跨越，达成了融合与升华。

非虚构写作有写实的要求，因而能对真实素材进行的处理程度有限，虚构写作则不然。一方面，虚构作品可对素材进行多种组合、变形尝试，组成亡灵的形象和故事。《四象》对真实素材的这种运用，类似之前《神圣家族》的写法，"东拿一点、西拿一点，最后加在这个人身上"[2]。《梁光正的光》也用这种方法，其中写的父亲和镇上许多人家种麦冬"发财梦破灭"，是确有其事的。[3]虚构作品之间，还共用着素材，《神圣家族》中虚构的《大操场》一篇中开头提及在大操场被审判后立即枪

---

[1] 梁鸿：《梁光正的光》，北京：人民文学出版社，2017年，第313页。

[2] 梁鸿：《文学如何重返现实——从"梁庄"到"吴镇"》，《名作欣赏》2015年第34期。

[3] 梁鸿：《历史与我的瞬间》，第58页。

决的一人名叫韩立阁，《四象》中的同名亡灵韩立阁死前便有类似经历。另一方面，梁鸿对真实素材的处理，又不止于熟悉空间所见的组合和变化，还带着自己的思考向远方拓展，比如会从“算命者”贤义“看到在早已被我们否定的古老中国生活和中国知识可能的空间和悠远的东西”[1]。除了所知具体人事的组合变形，《四象》中亡灵个体差异的设置、《易经》元素的使用，都与她思考后对中国文化不同面的着意反映有很大的关系。

此外，在虚构创作尝试上，梁鸿已有从构造近似亡灵的身份获得新视野的先例，为《四象》继续从亡灵的身份中获得视野上的便利完成了一定探索。在《神圣家族》的《到第二条河去游泳》一篇中，主角是投水自杀的女人，投水后，她的身份已超出一般认知中活人的范围，而近似亡灵。此篇想象力丰富，写投水自尽的人们在用水泥新筑的大河中漂流、相遇，拉家常一般各道生存的烦恼，在水泥包裹的水流中完成的死亡，终使他们与自然相隔。这种视角的观察，既新鲜又讽刺。“这个容纳了鬼神的精神世界，是《神圣家族》较‘梁庄’系列多出的一部分。”[2]《四象》同构了亡灵世界与人间世界，增加了历史方面的视野，比单纯的现实更敞阔，也巧妙地使得历史与现实的结合在呈现的逻辑上更合理。

---

[1] 梁鸿：《历史与我的瞬间》，第89页。

[2] 黄德海：《作为竞争的虚构与非虚构》，《东吴学术》2017年第2期。

虚构亡灵身份，延续了梁鸿非虚构作品从关注生命出发的对死亡的着重书写；同时，梁鸿也有着方便塑造亡灵的真实素材基础，包括非虚构写作时进行的大量累积。虚构亡灵世界，响应了非虚构无法满足的梁鸿私人情感中对死后世界的需求；技术上，虚构写作在构造亡灵形象与故事时对素材进行组合变形、拓展反映，弥补了非虚构写作的遗憾，梁鸿之前的虚构创作中已有用近似亡灵视角取得良好效果的先例，这也给《四象》提供了帮助。

三、第一人称叙述在虚构中的自由狂欢与两种使命

《四象》中三个亡灵和精神分裂者韩孝先分别以第一人称进行叙述，梁鸿以前非虚构的作品中也偏好用“我”（梁鸿本人）的视角和其他人物自述的方式。她曾提到《中国在梁庄》和《出梁庄记》中对自述的坚持，主要是为了在场感——“为什么我一定要用‘我’，因为这样我的视野才有一种‘在场感’。我希望把我这种在场感带给读者，通过我的行走，通过我的这种观感、反思、自我批判，来让读者也能够感觉到同样的思维……”[1]

第一人称叙述在《四象》中同样被赋予了使命。《四象》中

[1] 梁鸿：《文学如何重返现实——从“梁庄”到“吴镇”》，《名作欣赏》2015年第34期。

出现的“我”，首先是读者行走在作品陌生氛围中的第一个助手。对于初次阅读《四象》的读者而言，这篇作品有着令人紧张和迷茫的开始。打开作品，劈面而来艾米莉·狄金森的诗句，是不知将飘向何方的深爱同死亡的神秘气息；接着，对《易传》的引用和首章首节基督教色彩的小标题“绿狮子”的使用，让人迷惑于应该从《易经》还是基督教文化的某个部分寻求到一点理解的帮助；正文起始，不寻常天象的描述、其带来多年气候反常的交代和周遭环境的呈现后，才出现了首个人物“我”。首节中首个人物“我”的出现，使读者可以身临其境，跟随着在陌生怪异的世界中探索。

实际上，“我”对读者而言也是一个陌生人，读者有着“我”是谁、“我”是否值得信任的疑问。《四象》中“我不怕”“夜里我视线更好”“我能辨出”“我能根据”“我有自己的计算方法”“我看到”“我丈量”……接着，还有大段、大段这些年的所见和经历的独白，不能帮助读者快速在现实世界中给“我”找到一个定位，反倒被“狮子”“骷髅”“复仇”这些词语的出现弄得晕头转向。这是作品中故意要达到的陌生化效果。通过继续阅读，读者后知后觉这里的“我”是一个亡灵。而作品中还有另外三个不同身份的“我”——两个亡灵，一个掉进过地下的青年。接下来，随着第一人称“我”独白和不同“我”之间对话的不断出现，四个第一人称“我”使得作品喧闹起来，充满叙述的声音，读者必须仔细聆听、分辨他们的角色。

在之前非虚构的写作时，主观认识影响事实呈现的问题实实在在困扰过梁鸿。以非虚构写作文体来看梁鸿的《中国在梁庄》，会发现知识分子气质成了双刃剑，它一方面使得梁鸿的观察细致、感受敏锐，一方面也使得应当隐藏在写实背后的对事件的分析、对意义的思考出现在作品里。虽然《中国在梁庄》前言中表明写作有中和自己生活中的虚构感的初衷[1]，但是梁鸿在作品中观察呈现时还有着紧迫感、责任感，因此表现出主观对非虚构的呈现并不满足，希望透过呈现至少达到梳理的作用——“我更关注的是梁庄生命的源头，不只是未来，还有历史、过去及这一历史和过去对他们现实生活的影响。我关注梁庄的进城农民与梁庄的关系，他们的身份、尊严和价值感的来源，由此，试图探讨村庄、传统之于农民，也之于我们这样一个生存共同体的意义。”[2]

写实的愿望与知识分子忧思之间的冲突困缚了梁鸿，由于替代事件中人物做进一步的衍生表达、有自己不可避免的判断标准等，梁鸿曾多次陷入呈现是否真实的困惑和是否有以自我意识强加干涉的反省。在《艰难的“重返”》中，梁鸿解释自己并不想因为作品被《人民文学》归到非虚构写作文体中而束缚表达[3]，但是她还是坚持作品的真实，在对梁庄的观察与写作

---

[1] 梁鸿:《中国在梁庄》，北京：台海出版社，2016年，第1页。

[2] 梁鸿:《历史与我的瞬间》，第81—82页。

[3] 同上，第93页。

中，她用海登·怀特指出的“事实”的“虚构性”[1]来保持对自己感受和叙述的审视。梁鸿还透露，《中国在梁庄》原本还有以其他人物自述的方式来减少自己对作品中呈现的干扰的考虑，“最终也并没有完成”[2]。

非虚构写作的这个问题在虚构的《四象》中得到了化解。梁鸿在《四象》中摆脱了《中国在梁庄》中因作者主观参与其中而对作品真实度产生影响的嫌疑的小心翼翼。尽管将现实作为素材，作者可以在每一处，塑造和指挥四个“我”共同完成一个作品的叙事。这是虚构写作的相对自由之处。相比非虚构写作，《四象》的虚构性质给了第一人称叙述的自由，并且是一下子给了四个第一人称叙述的自由狂欢。借用梁鸿对《望春风》的评论：“各种声音如交响乐一般，在大地上此起彼伏”，“大地越是空茫，声音就越是清晰”。[3]

第一人称叙述在《四象》中还被郑重托付了使无声者被听见、被了解的使命。是易被忽略的。三个亡灵和精神分裂者的故事，只能由他们自行讲述，这是梁鸿在作品中设置的带有隐喻色彩的限制。如果以为作品中着重写的这三个亡灵，泛泛代表整个地下世界死去的人们，那就误解了梁鸿。韩立挺、韩立

[1] 梁鸿：《中国在梁庄》，第3页。

[2] 梁鸿：《历史与我的瞬间》，第86页。

[3] 梁鸿：《亡灵在大地游荡——读格非新著〈望春风〉》，《文汇报》2016年7月18日第5版。

阁和灵子被设置为人间中经历了不同苦难后死去的人，他们的相似点在于都境地凄凉，没有后人祭奠，在墓园地下世界中也与其他亡灵相隔。《四象》中，灵子向韩孝先解释，也是特意向读者说明："他们有人照顾，有人给钱，有人哭他们念他们。我们没人。……" 那些有后人哭念的亡灵们的故事还可能通过后人讲述下去，以上三个亡灵的故事可能更快湮没，现实世界中还有许多类似的故事在被湮没。同样，作为精神分裂者，韩孝先所经历的创伤也容易不为外人所知。

梁鸿在非虚构写作中以人物自述的方式在一定程度上保留了人物的语言特色，间接呈现了其背后的形成渊源。而虚构的《四象》中，第一视角允许人物直接开口回忆自己的往事，虽没有自然的形成渊源，但四个第一人称形式的叙述，代表这一无声无息的类别发出声音，以发声提示了这一类苦难者在历史现实中的存在。虽然声音的自由区别于行动的自由，三个亡灵必须很大程度上通过韩孝先达成他们的愿望，但在面向读者的文本呈现中，四个声音是被自由传达的。

从对《四象》的分析来看，虚构属性给予梁鸿在创作上选择怎样的世界搭建和如何使用材料的自由，虽然密切关联人间，但无须像非虚构写作那样被已发生的真实事件约束。现实中梁鸿个人情感的遗憾在《四象》中得到满足，在《四象》中梁鸿也不必担心第一人称叙述中主观对事实的遮蔽。然而，虚构的这些自由是具有代价的，虚构有自身必须面对的困境。相比非虚构写作，虚构写作中写作者寄托的关注不能充分地自行呈现而需要在建构中聚焦达成，虚构事件也不具备天然的合理性而需要在构思中妥当创造。梁鸿深知虚构写作的困难，她在上一部虚构作品《梁光正的光》的后记里感慨“小说之事”是“与风车作战”。[1] 如果把新作《四象》也比作梁鸿的一场风车之战，那么从本文的分析可知，以往的非虚构写作将关注人生的方式借鉴给虚构的《四象》，还提供了丰富扎实的素材，切实承担了援军的角色。梁鸿的非虚构写作以此种方式与这部虚构作品相关联。倘若梁鸿今后再次使用非虚构写作文体来写作，这些年来其虚构写作会对其非虚构写作有什么样的帮助、形成什么样的改变尚是未知。值得期待。

（发表于《扬子江文学评论》）

[1] 梁鸿:《梁光正的光》，第315页。

“故乡水”与“行舟人”

——将甫跃辉散文与小说并置的写作观察

一

李白《渡荆门送别》中说：“仍怜故乡水，万里送行舟。”对许多写作者而言，故乡持续地为生命和作品供给了养分，致使写作者不断去描摹它。2013年文学批评家李敬泽为甫跃辉小说集《动物园》作序，却敏锐地捕捉到，虽然“来自遥远的云南”“来到遥远的上海”，那两年甫跃辉却“很少写他的家乡”“也很少回忆”。[1] 另一篇文章中，李敬泽进一步指出有趣的现象——甫跃辉小说中云南和上海“似乎各自孤悬，不交集、不呼应”。[2]

如李敬泽所说，即便“语焉不详”，读者“确知”《动物园》

[1] 李敬泽：《一句玩笑，换了人间——〈动物园〉序》，见甫跃辉：《动物园》，上海：上海文艺出版社，2013年，第2页。

[2] 李敬泽：《独在此乡为异客——关于甫跃辉短篇小说集〈动物园〉》，《南方文坛》2013年第5期，第111页。

“基本上是以上海为背景”，“不是故乡”。[1] 但是，尽管小说《鱼王》贡献了“新鲜的‘外来者’”形象[2]，小说集《散佚的族谱》“后记”中交代写的是“令我焦虑的‘小地方’的各种人各种事”[3]，还是很难笃定地说甫跃辉小说哪些是发生在家乡的。这是作者写作观念下的刻意为之——“真实经历的痕迹还占不到百分之十……写作更多瞄准的是影子”[4]。可当其作品累积起来、渐成体系，读者难免不想从“影子”中找寻作者、找寻其家乡，特别是当其家乡云南对不少人而言都抽象而遥远时。

这部分的拼图在散文中。2020年，甫跃辉散文出版成《云边路》集，“家乡”和“回忆”清晰了，他自序“一种语言来到我嘴里，一种文字来到我手上”。可以感受到积累了太多观察、记忆和情感要表述，在这种对真实有要求的文体中，他有写自己的“由来和归宿”、写“‘我’何以为‘我’，‘我’为了什么活着”的考量。[5]

但其散文的作用不止于此。将散文与小说并置观察，将形成对甫跃辉写作了解的合力，发现这位写作者的“行舟”方式，以及“故乡水”的“万里送行舟”的痕迹。

---

[1] 李敬泽：《独在此乡为异客——关于甫跃辉短篇小说集〈动物园〉》，《南方文坛》2013年第5期，第111页。

[2] 金理：《80后“传统作家”甫跃辉》，见甫跃辉：《散佚的族谱》，合肥：安徽文艺出版社，2014年，第9页。

[3] 甫跃辉：《散佚的族谱》，第276页。

[4] 甫跃辉：《刻舟记》，上海：文汇出版社，2013年，第214页。

[5] 甫跃辉：《云边路》，北京：北京十月文艺出版社，2020年，第1页。

二

也许是由于写“家乡”、写“回忆”时率真的态度，《云边路》中散文多用语气词。客观上，这使得行文中语气表现充分、表达色彩强烈，易形成氛围感。感叹语气词给文章增加了亲切之感，使读者体会到轻松有趣的氛围；而散见作品的疑问语气词调动读者经验，引导读者情绪紧跟情节发展。比如，散文《再访高黎贡》。“走慢一点儿哪！要看看哪！”——作者为青藏高原南部山脉高黎贡多变的景色所吸引，叮嘱同行人不要因匆忙赶路而错过领略高黎贡之美，语气词的使用，让作者急切的心情活泼再现、神形俱在；文末为问句“那会是北斋公房吗？”，以对自己下一章写作内容的猜测继续吸引读者。[1]再如，散文《上山拾菌子》。作者回忆小时候巴望着上山拾菌子，而总因奶奶和同村人聊天而耽误时间——“啊，真是没个尽头哪！我一再催促奶奶，快点儿吧快点儿吧，菌子都被人拾光啦！……真是对全村的老太太充满了怨气啊”，在这些语气词的帮助下，一个又着急又无奈的小孩子形象跃然纸上；结尾是作者已在上海，对家乡的菌子无限怀念——“中秋节那天，大概已经吃不到菌子了吧？”[2]疑问词的使用上，再举其散文《远行》为例——

[1] 甫跃辉：《云边路》，第12、14页。

[2] 同上，第107、110页。

“那是小学五年级吧？”“大概是被后来的经历补白过了吧？”“但用文字怎么去形容呢？”“一辆单车怎么坐四个人呢？”[1] 这些询问，引导读者参与到回忆与思考之中，引出下文，使得散文脉络连贯、层次清晰。

其文章中使用语气词多，有时是在配合行文转折的语气表达，而未使用语气词时，其散文行文也好转折。行文转折的偏好，使得《云边路》中的文章更加有兴味。如《再访高黎贡》，这篇第一句便是转折，是以转折开启全文的——“高黎贡肯定是会再去的，但我没想到这么快就去。”文中写网友说高黎贡危险，甫跃辉的回应语气上显示出对危险理所当然的喜好，与一般人不同，甚至有点像抬杠——“就因为有危险，所以才要去嘛”。而去完高黎贡之后，以好莱坞电影中拆弹士兵回到俗常的感受来比自己头天在高黎贡、第二天便到上海，颇有童稚之心。[2]《远行》中，作者回忆小学生集体出游活动，遭遇平生第一次堵车，没有懊恼，“兴致反倒越来越高”，而清平洞“似乎就在家门口，我们却没去过”，“两个十来岁的孩子做了个天大的决定”只不过是去“再看一遍动物园”。他们在动物园所在寺庙中看到了稀奇——淋糖水的小人儿。当时的感受只是不经意的偶遇新奇好玩，但甫跃辉将时间一转、淡淡写道，“很多年以后，我才知道，那天是浴佛节；那个‘小人儿’，乃佛祖释迦

[1] 甫跃辉：《云边路》，第15、17、17、18页。

[2] 同上，第8、9页。

牟尼”，骄傲地显现其当初所见中实有当时阅历远远无法覆盖的不凡。[1]

甫跃辉小说也多转折。一般小说文体中偏好转折是常见的，但除了如同他人小说那样在情节设计上做到的出其不意，人物对话的反差与冲突的设计，为甫跃辉的小说增添了层次。例如《看黄河》一篇中男女对话的处理。对话中，男女观点是冲突的，女性好提问，也有些好争辩，需要男性给出证明来说服她。小说中，看到饭店窗户外的坟墓，男人吞吞吐吐："那些坟……和我老家的不一样。"女人不满足于男的欲言又止，追问"有什么不一样"，可男人只说得出"我老家的会更复杂一点儿"。女人当然对这个回答不满意，又问:"那还不是一样？"一时男人"不说话了"，"只呆呆地看远方"。经过这段沉思回忆之后，男人才"自言自语"起来。男人自言自语中为死了就会看不到坟前景色而惋惜，女人反驳他："你又没死过，怎么知道看不到？"[2]简短对话塑造了女性的直白简单，表现了男性的深沉与复杂心绪。尽管男性是此篇小说让读者重点琢磨、回味的，女性的出现最主要是起到将情节推进下去的配合作用，女性形象的呈现还是在这篇小说中增添了面向。

除了对话形成反差冲突，甫跃辉小说中还有场景跳跃的设

---

[1] 甫跃辉:《云边路》，第16、16、18、19页。

[2] 甫跃辉:《这大地熄灭了》，上海：上海文艺出版社，2020年，第161—162页。

计。《鸟》开头是这样的："初秋的田野微微泛黄，风吹过，散开一浪一浪的稻香。我和李奇在浓郁的稻香中猫行，小心翼翼地迈着步子，两颗黑黑的小脑袋在低俯的身子前昂起，紧张兮兮地窥探着十几米外的一块草地。水边的草依然肥绿，一只白鹭鸶单腿独立，长长的脖颈……"景色很美，人物也出现了，但是倘若对场景描绘以摄影的方式加以画面还原，便会产生一个疑问——谁才是摄影镜头背后的人？这个摄影者应该是"我"，因为叙述者是"我"，但显然"我"还是画面中其中一颗"黑黑的小脑袋"。应该存在不同的机位和摄影师。但读者可能还没辨别出这其中杂糅多重视角的跳跃方式，到了第二段，则切换为直接以感受对"我"行进中的视线盲区进行描述。第三段，是以李奇骂骂咧咧的口头语开始的。读者就在这样的跳跃中对置身的环境有了粗略的全方位勘测，随即被小说送往作者所设计的下一站了。[1]

甫跃辉的小说中，语气词使用的频率比其散文要低很多。其散文与读者是亲近的，而小说似乎在克制中追求冷静利落。而其中强烈情感的表达之处也较少需要借助语气词的配合。这其中有作者个人对不同文体把握方式的差别在。很多时候，甫跃辉对小说叙述语言的使用，就足以完成所要表达情绪的输出了。

---

[1] 甫跃辉：《五陵少年》，桂林：广西师范大学出版社，2020年，第2页。

然而在其小说有限的语气词的使用中，仍能看到转折，效果上有氛围轻与重的调节。仍旧以小说《鸟》来看，倒数第二段中，“两个星期后的一个下午，一个消息传出来，李奇从后山那棵大松树上摔下来，死啦。”[1]对死亡用“啦”这样欢快的语气词，是难以置信的。但这种大胆使用，一方面仿佛勾勒出不知底细的人对这个新闻议论纷纷的场景，另一方面仿佛“我”对李奇死亡的不幸事实故作轻松的掩盖，反而显示出悲伤。在小说《五陵少年》的一些章节，则以疑问来达成氛围的转折调节。在一本正经讲述戏文般传奇的历史之后，作者总是要动摇一下读者。多次出现“你觉得爷爷是在吹牛吗？”[2]的询问，虽然是寻求小说中哑巴的相信，但效果上是促成读者对故事的将信将疑，以及造成难以对故事后续进行预测的结果，使得小说读起来更加有趣味。读者与所谓“真相”的距离忽近忽远，而不会被压制在由历史传奇袭来的沉重中。

虽然受限于文体区别，无论散文还是小说，甫跃辉都注意以强烈变化增添作品的意趣。此外，小说跳跃的叙述与广泛的题材一起，在读者试图通过小说故事给作者定型时增添了难度，客观上使作者在小说中与读者保持了距离。

---

[1] 甫跃辉：《五陵少年》，第24页。

[2] 同上，第243页。

三

小说情节的构造上，甫跃辉着意于同一时空中人物距离，不如散文中关心远方。可其小说中对距离变化的敏感，很可能来自他跨越地理空间的人生经历，这可以从散文的直接书写中看出。

在情节上，甫跃辉注意小说中个体人际和心理距离远近的处理。

情人间的距离，是甫跃辉小说中反复捕捉的。去到不同城市陌生宾馆的肉体偷欢是其小说中婚外情男女的亲密时刻，虽然分开的日子里地理相距遥远，但只要在一起便不可自拔地互相依恋，例如《坼裂》《亲爱的》。这种不顾一切的热烈，似乎反而衬出小说中人物在日常环境下内心的孤独寂寞。《雀跃》《走失在秋天的夜晚》《庸常岁月》等处理乡村世界中不同年龄段的微妙情感与世俗纠缠时，甫跃辉也将距离的远近变化安排得得心应手。

小说《动物园》表面是写情人间距离的由远及近又由近及远，其实借住处毗邻动物园的顾零洲与女友在生活上发生的矛盾，将理想与现实、幻想与真实的复杂纠结写了出来。对动物而言是禁闭的动物园，往往寄托了城市中人们对缓慢自然生活的想象，承载了欢乐。小说中，住处有一扇窗打开便是动物园内景象，使得顾零洲感到空间的开放与自由，为此他可以忽略动物难闻的气味。但他对动物的亲近感始终不能得到女友的理解，女友讨厌窗户外传来的动物气味。温情脉脉最终还是结束于内心距离遥远。纪录片中大象“生活充满了庄严、温柔的举止和无尽的时光”[1]，但失去女友后，顾零洲看到大象在动物园中庞大的身躯饱含痛苦，如同被现实禁锢的他。动物园不能治愈他了，这时他渴望回家又被困在关门的动物园内。

而小说《鱼王》主要处理的是外来者与当地人之间的距离变化。因为利益的现实冲突和对生于斯长于斯的地方的保护心理，当地人对前来承包白水湖养鱼的外地人老刁是有天然敌意的，许多双眼睛监督着他的行为。而老刁的谦虚、隐忍和厚道渐渐拉近了与村民的距离。有人眼红于老刁的收获而挑衅，使原本老刁小心翼翼维护的融洽关系，渐渐被撕裂。最终村民与老刁起了巨大的冲突，老刁在经济利益受损的同时，情感上也因为曾经的投入而受到巨大伤害。这里的叙述者是当地的儿童，见证了事情的发展，他们自然而然地站到了老刁的一边。

但是，有距离不代表有远方，小说乐于呈现的是同一平面的距离变化。甫跃辉的不少小说和小说中人物“一开始就被禁闭在”“此时此刻”，没有“空间和时间之远”——这是2013年为甫跃辉小说集《动物园》作序时，李敬泽在感受到他“很少

[1] 甫跃辉:《动物园》，第53页。

写他的家乡”“也很少回忆”的同时发现的。[1] 在甫跃辉之后出版的小说中，依然有这样的现象。这与他的散文区别很大。他的散文中明显地有着远方的气息——既指空间，也指时间，散文集中的文章多仿佛一气呵成，且精心构架，收放自如，结尾还有意带读者拾起一段历史、闯进一截怀念的时光、找回远方、畅想未来或者浸入凝固的情绪，使一篇散文所触碰的空间更为辽远。

其实甫跃辉本身对小说设计中人与人距离远近变化的敏感，很可能与他“来自遥远的云南”“来到遥远的上海”[2] 的人生经历有很大的关系。这种敏感，反映在散文中。《回望》一篇，开头他从地理位置上，将沈从文的边城和他的家乡做比较，回忆“离昆明，都有六百公里哪”的施甸，忆起父亲送他上大学，两人从施甸经昆明坐火车到上海，旅途波折，其来到城市后在大学生活中受到冲击，且同类人前途黯淡。文章写得感伤，甫跃辉说：“拼命把自己从乡土里连根拔起，到一个寄托了美好念想的远方去，却又在那儿受尽屈辱，最终，只能往更远的远方去。”[3] 甫跃辉对地理和人际距离的体会并不迟钝。

从甫跃辉散文的表现看来，地理上的靠近或遥远，并不代

[1] 李敬泽：《一句玩笑，换了人间——〈动物园〉序》，见《动物园》，第2—3页。

[2] 同上，第2页。

[3] 甫跃辉：《云边路》，第247、250页。

表情感上的亲近或生疏。虽然“故乡”的昨日有着不可替代的地位，“他乡”和“故乡”的位置隐隐在变化。甫跃辉体会细腻深切，异乡求学工作后生活并不容易，但他已渐渐融入地方生活，对家乡的思念情感不可避免地渐渐停留在过去的经验中。散文《某日》中，作者回忆了自己在上海多年后回施甸，先是火车到达昆明后却不知新汽车站位置，后是被票贩子和司机合伙骗取差价，再是生怕错过父亲来接自己回家的路口。这次回家，许多熟悉的温情涌起，但已回不到原本的安定之中，而要直面一些变化与新添的烦扰。散文《异乡人》写了在距离老家几千里之外遇到老乡，却因为生活的不同步而难以保持沟通联系。散文集中还有不少篇目是在上海回忆家乡的饮食、草木，比如写菌子、写缅桂花，以及回忆分树、过火把节等特殊经验。家乡的旧物旧景被时间吞噬，家乡在变得陌生。情感面前，他是理智的，比如《山河新故园》中友人畅想未来，他却“又犯了老毛病，觉得这事不大能做成”。[1] 回忆小时候，有新的经验作为比例尺加盟。描述小学语文课作文的方法，甫跃辉用“普鲁斯特”来比：“把一块甜点心写得像一片土地那样广袤，写得它开出满地的大红花了，余老师才开始品评点心里的芝麻绿豆。”[2]

[1] 甫跃辉：《云边路》，第52页。

[2] 同上，第132页。

四

甫跃辉的散文回忆家乡山水和人事，似乎有超乎一般的对自身的关注。与散文比对，可以识别出小说中有不少来自他个人的家乡经验，但写作小说时，他无意于使读者从小说认识自己的真实过往。他所在意的是，通过精准的把握，在写作中获得构造此间世界的理念的完成。

靠近过去的自己，认真回忆理解自己，在甫跃辉的散文中，是一件非常重要的事，且其非常擅长。可能是远离家乡一度的寂寞，也可能是天生的孤独感，促使他将其散文回忆的重心向内放在了童年时的自己，他十分珍惜这些回忆。其中有些回忆中甚至完全独自一人。比如，《枇杷树》中，他写自己一年四季喜好独自爬到树上，“如同那位树上的男爵”[1]，看枇杷、看云朵，自得其乐。《野地》一篇，是自己无意间逃学、被所有人遗忘的特殊经历。散文给这期间自己的有趣心理反应和行为留下了贴切描绘，例如不停怀疑灯泡是不是坏了，一次次拉灯绳检验，直到灯绳断了才得到解脱。《甜夜》中有一段作者和父亲在甘蔗地守夜的不确定记忆，记忆中是一个人独醒时在夏末夜晚中的感受，甚至听到了甘蔗喘息的声音、闻到了甘蔗呼出的甜

---

[1] 甫跃辉:《云边路》，第73页。

味。《启蒙者》一篇中，甫跃辉清楚地分析了自己作为小学生时的虚荣心。

借散文文体对真实的要求，以甫跃辉的散文比对，可以发现，他小说中不少描述很可能来源于他在云南时的所见，例如小说《星垂》的流星、小说《鸟》的初秋田野、一些小说中出现的荷花塘以及一些人物的死亡。甫跃辉小说中的众多死亡，往往比散文中真实的死亡激烈。散文中甫跃辉在电话中得知村里的老太太们逐渐过世，回老家约见老师才知小时候熟悉的老师们一个一个地不在了。但离开老家之后，一切遥远，他们的活动早已留在甫跃辉记忆中，因此散文对他们的死亡的认知及感伤也是相对模糊的，比不上小说中的精心构造。不同的是，小明的溺水而死发生在甫跃辉未离家之时，其对此感受很深。在《刻舟记》等小说中，其重复着写着小明似的溺水死亡，在小说中抒发情绪。

但是，甫跃辉写小说时，处理着自己与自己的写作的距离。他小说中来自个人的家乡经验是隐蔽的。甫跃辉极力避免了自己的作者身份在小说中出现，避免因读者留意于寻求作者身影而破坏对故事本身的集中感受。如果不是散文《一天》通过自己的错误记忆，呈现对小明的死亡远超所发生事实的自责、愧疚，表现内心积聚的苦痛，读者很难发现其中的原型。

甫跃辉的写作精准营造氛围。即便在散文中，他的场控意识和能力都很强，比如写身处城市中一个时期的痛苦，却不愿意写家乡生活中的苦难，令人看得出来是克制的，而散文偏规整，留下余韵处，作者也表现为放风筝的好手，牢牢控制着方向。而在小说中材料的把握上，他倾向于用更简单清晰的线条来准确安排所需氛围。小说《饲鼠》的故事中，小人物顾零洲在处置住处老鼠的行为中获得权力感，宣泄受压抑的情绪，透露出一股凶狠劲。《侏儒》中，因为相信杂技团的侏儒能够变出食物，人们把侏儒扣在当地拘禁，此后上演了凶残愚昧而荒诞的故事。《骤风》《丢失者》也都精彩地营造出了“此时此刻”。

甫跃辉小说较少有“空间和时间之远”的追求，是在“此时此刻”灌注了自己认识世界的理念，进行着精心“管理”。他不理所当然顺着已有方向写作，而乐于开拓和挑战不同的“此时此刻”，例如《动物园》，“宁愿打一枪换一个地方”，显示写作中的野心。他说：“对身处的世界，我还远没有形成固定的、站得住脚的且完全属于自己的考量标准。这世界实在太大太复杂，我只能一点一点地了解它”，因此他不想增加作家的“根据地”，却有获得整体把握的愿望。[1] 在硕士学位论文《刘庆邦的人情世界——从“男女关系”看刘庆邦的短篇小说创作》中，甫跃辉注意到刘庆邦短篇小说的整体性：“通过对乡村、煤矿和都市这三个世界的叙述”，“构筑起一幅完整的当代社会全景图”，

[1] 甫跃辉：《动物园》，第267页。

而“男女构成家庭，家庭又构成了社会”，“通过对男女关系的叙写，隐约披露了整个社会、整个时代深层次的巨大变化”。[1]甫跃辉似乎也在他的小说写作中做这样的事，他来不及去写远方，而以较广的写作题材由点及面、颇有力量地去一点点完成他的此间社会的构造。

五

甫跃辉的作品很有自己的风格，他喜欢忽近忽远、制造转折断裂，看似比较放纵于我行我素，但是作品风格之下有其对写作本身的严肃谨慎态度。他的不少小说作品有多稿，显示出写作中与自己纠缠的痕迹。如《刻舟记》六年六稿，又如《每一间房舍都是一座烛台》集中收入的三篇小说分别有两稿、五稿和三稿。作家研究中，甫跃辉曾问刘庆邦是否质疑过自己的写作[2]。这个问题似乎透露甫跃辉在风格及写作道路行进上，隐隐也有属于自己的写作者的一丝警惕和迟疑。

甫跃辉面对写作的态度，让人想起散文中使其少有地表现出精神臣服的高黎贡。这是他家乡的山，在“云边有路许谁知？”的《云边路》集首篇，他写道：“分明感受到，有个静默的巨大

[1] 甫跃辉：《刘庆邦的人情世界——从“男女关系”看刘庆邦的短篇小说创作》，复旦大学硕士学位论文，2010年，第38页。

[2] 同上，第70页。

的存在，就在我们身边”,“高黎贡，不是一眼就能看得到的。”[1]离家十多年，他才渐渐了解了这座山，最终去过山里并写下这篇散文《高黎贡》。“故乡水”漫长地护送着这位“行舟人”。

（发表于《新文学评论》）

[1] 甫跃辉:《云边路》，第4、7页。

推开空间的门
——读金宇澄的《回望》

探访过去

《回望》[1] 是一部非虚构文学作品。作者金宇澄的父亲20世纪30年代末加入中共地下情报系统工作，囿于职业规则，多有不可言之处；解放后，因曾经工作牵连遭受打击，无处鸣冤；日暮向晚，似乎获得了言说的空间，但回忆起那些骤雨中早凋的鲜活生命，便把所经历的奇险与苦涩一同沉埋泥土："认识的很多人都在年轻时代就已经过世，所以说和他们这些人比起来，不说也可以。"[2]

这样的低调和克制，得到作者金宇澄的尊重和认同。往事如烟散去，未被过多地探访重寻，偶有呈现，也拟于他人名下。

[1] 金宇澄：《回望》，桂林：广西师范大学出版社，2017年。本文对这部作品的引用，依据此版本，在文中标出页码。

[2] 作家金宇澄在思南读书会第160期"金宇澄《回望》：一种记忆，一段历史"中面色凝重地转述父亲的话。

《回望》，是在父亲仙逝之后。即便如此，短短二字的题目中，包含的视觉方向的逆转和刻意拉开的距离，均提示了作者整理材料和形成作品时严肃审慎的态度，而不同于家族史写作中或好奇刺探或追溯命名的普遍心理。作者体会到“记忆与印象”“鲜亮”但也“含糊而羸弱”，认识到其“静然生发的同时，迅速脱落与枯萎”，“这一点上”来说，“留取样本，是有意义的”。（第346页）这是书末作者拉开距离审视自己这部作品内容时再确认的克制结论，也是《回望》的初心所在。

明晰连贯已在父亲生前被克制的探寻与输出束住，但在作品节奏的把握下，本应唾手可得的信息的缺失恰恰照见主体低调内敛的特质。母亲口述中曾热烈涌动的青春与父亲形成对照，以夏日般的明快节奏于父亲整体生命的留白处补以参差印象，隐约满足人们对完整故事的渴望。但作者渴望的不是完整故事，而是珍视由烛火跳跃照映出的空间，更主动以留白的方式，解除完整形状对读者的束缚，使其得观神采。从回忆与资料，作者金宇澄发现了易被忽视且难于踏入之处，对微妙难名的空间进行探索，进而在《回望》中展示，最终为读者推开空间的门，开启了与混杂着陌生和熟悉的世界的联结。

呈现空间

空间何以呈现？以流转的物、挽结的音和逸出的行为。

《回望》以文学的方式还原物，又以物呈现空间。

文本最先写到的是个人空间中雅致家具的流失。这也意味着优雅人生空间的随之丧失。从前，父亲淘来两件漂亮家具——梅花桌子和柚木圆台，并请店家锦上添花地进行了处理。1966年，梅花桌子由于政治原因被转移出个人空间。物是人非，二十多年后父亲想再买回类似的漂亮家具时已然在家具商的评估中不再具有购买力，并因而显然缺乏赏鉴能力。父亲敏感于衰老中已失去了人生优雅从容的部分，而那本有的空间，如失去的家具一般无法被还原。他以一己之力对空间的坚守，体现在晚年穿着的讲究和对西餐的偏爱上。

人们也在物资的流转中获取必要的生存空间。家中用度严峻时，父亲的学费由贵重物品典当而来。出入当铺在大户人家是藏藏掖掖的无奈之举，物的转移却坚实支撑着家庭的基本需求，延续了生活的运转。兵荒马乱、草木皆兵，物资被争相抢购，甚至赋予虚妄的神力，成为精神迷茫之时的心理安慰，是屡屡可见于历史的。文中穿上丝绵袄裤就能阻挡子弹的传言，在今天看来纯属无稽之谈，实际上是百姓在战争将至时孤苦无依，希望渺小的自己可以为争取生存空间做些什么的无措之举。

家具本是实际的承载空间，文本中父亲淘来的柚木圆台在抄家时幸免，至今放置作者的笔记本电脑。而父亲留下的两个大书橱，更是实实在在的储书空间。作者由书橱中书的来源联想到一实一虚两个空间：实的是库房空间——“文革”中用来堆叠查抄的图书；虚的是人生经历——附带在个人图书中。政治运动结束，人生经历并不因“发还图书”的命令而可逆地恢复。简单粗暴地将书作为无差别无附属的物发还，而对其所带有的个别化的人生空间视若不见，“图书与主人间的联系，早就被彻底割断了……”（第9页）人们拿到的是带有别人人生经历的图书，并只能通过书页上的痕迹来想象别人曾经的人生空间。个人的人生空间坍圮于堆叠查抄图书的库房，政治运动对人生的毁坏由此可见。

书橱又是小的空间，小小书橱中的古籍为个人连通到古人磅礴的精神世界，并重新搭建人生空间。“当年打扫厕所的无数个夜晚，他是在静读这一类新版古籍中度过的。”（第13页）从这段时间的读书笔记被父亲取名“扫闲堂笔记”可知，书中连通的世界对父亲的那段人生起到了支撑和舒展的作用。而尽管祖屋家具字画荡然无存，作者却描述了“濡染大筆何淋漓，浩茫六合無泥滓”这幅书法复现在父亲年轻时的场景中。（第24页）这时发生了多重空间面向读者的复现：这幅书法中的无限大的精神空间；年轻时代父亲的生活空间；父亲因此“遐想所谓天地之大，文章之美”所获的精神空间。（第24页）重回故里的三代人和读者都因此感受到空间的延展。

此外，作者参与的书籍物理装帧中，也有空间承载的设计，静默雅致地在色彩和质地上关怀着人的空间。一方面，封面少量白和大片灰构成奠定冷静克制基调的极简，衬纸的红则衬出父亲和母亲曾经灵动的生命，作者手书的乳白色书名也在大片深灰的顶端将茫茫人生的一言难尽观照出来。另一方面，部分有代表性的相片、信函被提取印刷在厚卡纸上，是从物理上对这些物所经历的时间和生命的有力背书；坚硬卡纸锯齿边的触感，在翻阅时提示了证物的真实存在，也带来历史见证的参与感。再者，图片中的旧物在文字的“旁白”下获得解冻，重获活力热情，旧物上的空间被恢复，并在文字的联结中取得彼此互通的空间群，搭建起具体而宏阔的人生长廊，人生空间便流动于其中。

物呈现人生空间的方向是纵直的。作者注意到同一时代中被打碎的空间，而这些空间的碎片仍然牢固地挽结于声音。

共同的音色中读者首先识别出地理空间的相同。《回望》中所见，家庭周边的日常叫卖声和自然界中的雷雨声都承担了这样的职责。1950年代，父亲被秘密拘禁，虽然离家只几条街，拘禁者却刻意营造出陌生氛围，以增加其心理压力。可人为设计不曾掩盖掉熟悉的沪上小贩的吆喝声，以往在家中听惯了的叫卖让父亲在半年后终于明白自己离家如此之近。更加掩饰不了的是自然的声音，夏季一次暴雨响雷的共同体验，经由审查过的信件传达给母亲，向母亲透露了地理上的秘密——父亲并非如信中所写在北京出差学习，而被拘禁在上海某处，辗转伏枕，和她度过了同一个雷雨之夜。

不同身份的人吟唱同一首曲子，呈现的是共同的情感空间。

日占时期，父亲在监狱里听到日本看守唱俄罗斯《伏尔加船夫曲》，“现实的隔阂，在熟知的歌声中搅动，产生难言的感受。”（第6页）成为看守的学生和成为囚徒的父亲一样，是时代的牺牲品。《诗经》中说：“心之忧矣，我歌且谣。”迥然不同的国家意志、剑拔弩张的战争状态，竟不能对人类群体普适的情感趋向造成根本的变化——同样对自由的热爱、对不平的反抗和对自然的亲近，不经意从这首船夫曲流出。而“人坐家中，风云突变”，水乡市河频遭洗劫。（第42页）强盗们上岸时，镇上自西向东家家户户“排门板”关闭的声音，是默默抵抗但已知晓接下来遭遇的无奈之音。人们共同的心态，在这声音中传递出来，黯淡了整个镇子。

共情空间也在无声中传达。《回望》记录了不少无声时刻。祖父在父亲受训、被监禁时艰难探望父亲，长久地相对无言。“无”非“空”，不是断裂和舍弃，而是延伸、拓展。探望的意义不在于用言语的沟通来改变什么，而在于拥有不同空间的二人在地理的统一中给予和感知到情感的理解、支撑。《琵琶行》中说“此时无声胜有声”。这个无声的共有空间，广阔、柔韧。

《回望》还讲述难于纳入日常标识系统的逸出行为，以此写意空间的广度。荡漾间，突破既有视野，使读者获得想象的空间。父亲在情报工作中必须独自面对突然的变故、长久的不安。作者拣一件奇遇细致描画：“长久在寂静无声的浓荫中行走，忽见一只火红色大鸟飞落到不远的竹丛前，久久停立不动，浑身披挂赤焰一般的羽毛……”（第49页）独自进入无边无际的竹海长时间行走时，仿佛被抛出人世，偶遇红鸟，即是散逸于寻常经验之外的新空间故事。

《回望》不只用奇特经验开辟新的空间，也不躲避空间中的冲突。青年西医，一方面夺人妻子财产，间接结束了老壮两条性命，又与继媳通奸，卷走家财一同私奔；另一方面，他在抗战期间通风报信，帮助中共地下党死里逃生，“传为佳话”。（第142页）截然不同的道义观念，在一人身上发生了。二者并不和谐，大大超出了一般人的认知经验，却的的确确记录在这部非虚构作品中，带着同一空间中熨烫不平的褶皱，拓展了对空间的认知。

在对同一事的不同理解中，《回望》又展示不同的空间。父母、姑姑等人对名字更迭的不同态度，是不同人生境遇的产物，提示着个人空间的差别。祖父火化时的样貌，大宅失火的原因……同一事件上各人回忆的不一，使得真相蒙上了永远无法散去的薄雾，却在原本真相的一点之外划出新的平面区间。不执着于统一、确定，才有消融于广阔的可能，才可在一本书的有限空间中描绘出无边无际。

逸出寻常的经历，给读者以新奇、广阔的体验，对当事人而言，则可能是无法共情的苦痛。《回望》体察了这苦痛，展示出来。

“文革”中，儿子责怪父亲择业不当导致多次抄家。长久沉默后，父亲笨拙地检讨自己。文本紧接着摘录了父亲回忆过往的笔记，让读者了解父亲生命的孤独，以及父亲话语中另外一层朴实的含义。父亲的痛苦，在吝啬的口头表达和具体的内心记录的两相对照下得到呈现。

晚年受骗后，父亲思索良久，终于蹦出的只言片语中却执意给骗子一个善意的判断。这样异常的举动并非由于父亲年老糊涂，而因这个熟知老辈故事的年轻人给了他过去的岁月一个共情空间，他宁可相信欺骗的背后有不得已的苦衷。不合常理的举动背后，是时代留下不得共情的境况的凄苦写照。

打开当下

《回望》拒绝同一、反对取消，同时拒绝分裂、反对碎片化，使得父亲和母亲所处的时代得到另一角度的描画，使时代的不同空间得以回归。空间成于力量，毁于力量，通过《回望》推开空间的门去抵达辽阔和层次，同样需要力量。技法上“三种记忆和叙事、引文、解释不厌其烦，包括极为繁复的编排过程”的背后，是作者博大的历史观和悲悯人间的情怀。（第345页）被捕的中西功身上的美称，“左联”关露所背负的骂名，在作者父亲的角度看，都是历史的误解；而在书中记录的上级李德生、祖父金九龄，均有虽与他人名同却境殊的故事在。这与长期探讨这一问题的巴恩斯所写小说中艾德里安所认为“不可靠的记忆与不充分的材料相遇所产生的确定性就是历史”的观点相似。[1]《回望》给出了更多记忆与材料，来解构之前的确定性历史，从而打开空间。

近年来作者金宇澄在这方面有持续的努力。手绘上海老地图、编辑《城市地图》、呼吁上海加强对老建筑的保护……《回望》与这些行动中保留空间的意识是相承接的。这种意识，同样也存在于他过去的文学创作中。《繁花》细碎中具有模糊的外延，小说构造中已有“回望”这一动作和态度：“我们回望过去，回望一种积淀，小说等于一出戏，如果有了更多的，包括老一辈内容，等于戏台加了多层背景帷幕，读者觉得深了几重，更有看头……”[2]

如果说《繁花》打开了可以让人探身望向过去的窗，那么《回望》已推开了空间的门，将之与当下相联结。《回望》中“回望”的不止指向过去的细致地图，不止为历史松土而弥补部分空间的缺席，它呈现的空间不是过去式，而本质地与人有持续的内在关联。历史中的空间会因为扭曲的书写而成为伪空间，日益解构多元而趋近无分别的人类现代生活，也正使空间坍塌。因此，迫切需要打开空间，展开，来寻找和提示人的多重可能性，来获得人的精神富足和自由。《回望》着意展示的空间以及共有空间的找寻，都联结着对个人可能性的领悟。在愈发无差

[1] ［英］朱利安·巴恩斯：《终结的感觉》，郭国良译，南京：译林出版社，2012年，第20页。

[2] 金宇澄、朱小如：《我想做一个位置很低的说书人》，《文学报》2012年11月8日。

别的每个当下，都有着之外的回望空间。

意识到无垠空间中的丰富，《回望》在发挥上却反其道地选择克制。文本中微小体量的部分，稍加渲染便可以是相当篇幅的小说，作者三言两语、轻描淡写。这种“浪费”做法，写出了精彩，也体现了作者对过往者的尊重，更体现了写作者对这个将千奇百怪包罗其中的世界的敬意，使得这部作品仰躺于海洋之中，回归为与海水边界未明的一部分，触碰到无新无旧的永恒广阔。

自处于中

无论空间逼仄还是广阔，空间中何以自处，是许多人一生中将遇到的问题。《回望》除了打开空间，也观照到了这一问题。1947年，父亲“奉命回苏北根据地接受审查”，“在复旦上大二”的母亲想要去北方革命，他们留下了合影。（第13页）这时，父亲的空间比母亲的要逼仄许多。而作者跨过那么多年写他们到达同一空间：“如今，一切都归于平静了，他们都戴老花眼镜，银发满头。”（第13页）此时，这些年来空间如何变化，父母又如何自处，留有巨大的空白。“文革”“发还”图书的同时没有带回父亲自己的人生空间，反倒使他因“发还”的图书中带走了别人人生空间的记录而不安。“人的全部印象，连带记取他的活者本身，全都消失以后，才是真正的死亡。”（第17页）倘若记取消失在前，而自己独存呢？20世纪80年代，父亲的老上司得到平反，可以在相当级别的会议上重新出现，却失去了自己的交流圈，无法自处，时常恍惚回到新中国成立前后，“只在清醒时唠叨说，现在一切都好了，只是没朋友，没有事做”（第16页）。

人总是找寻确认，自己的确认。眼见为实是一种确定。父子连心，《回望》中，祖父因父亲信中偶提腿疾，从家乡赶去杭州探望受训的父亲，并希望夜里可以到旅馆同住，以察看照应。前文提到年轻的父亲在长久的单调行走中忽见的一只璀璨红鸟，也是他漫无目的行走中的一种确定。父亲九十岁那年，一家三代去了故乡黎里镇，“昔人已乘黄鹤去”，故地重访是一种确定。父亲猜想高中时候藏在屋瓦下的铜板是否还在，那铜板便是确定自己过往青春的证物。如果是面对连证物都没有的未来，将信将疑为命运算上一卦，也是一种确认。

雪泥鸿爪，人在空间中也试图借助想象中厚重或长久的事物来确定自己的坐标点。比如历史。《回望》中，八十岁的父亲在灯下借助放大镜看《廿四史》的缩字本，在失去了年轻时代那样的未来之后，转而观看过去。这是在人类的过去中观看自己的过去，也在放大镜下完成对自己的确信、把握。可是，能够给人在空间中以确定感的，却往往不是如此之物。黎里的市河虽然仍然存在，却失去了往日的繁华，书中那最易碎的瓷器，倒在每次强盗来临之时得以留存。家乡的三十多种吃食至今新鲜储存在书中父亲的笔记里，按时令作“黎里风景”记下，是味觉上的回乡之路。《回望》将这些摘抄下来，如此记录人物的确认，也以同样的方法来向读者确定所展示的人物的性情。从父亲在狱中请友人萧心正买簿子、笔墨、烟茶、书籍的信件摘抄中，狱中的艰难、友人的仗义和坚持正常生活的可贵被表现出来；通过父亲笔记中兵荒马乱时的见闻和《庚癸纪略》《柳兆薰日记》咸丰十年战火记录的摘抄，历史的常与变，蜿蜒其中。

无法获得确认的空间中，又何以自处呢？作者金宇澄在小说《轻寒》中写到一座看起来很特别的建筑——理发铺，到了《回望》里，他讲出那个理发铺的原型。1974年他在黎里姑母家见到这个理发铺，此时他已下插黑龙江务农五年，为将户口从黑龙江内迁，三姑母正替他张罗一门与当地女子的婚事，被父亲以电报严厉制止。在当时的心境下，他下意识地捕捉到：“理发店有两根柱脚插在水里，有时地板和镜子摇晃，是小船碰到了柱脚，他（指理发师）就推窗对下面的船夫说：‘扳艄呀！’”（第47页）“扳艄”即摇船时将船橹侧过来拉，理发师在这样摇晃的铺子里生活，在摇晃的生活里一次次碰到问题，一次次解决，不知该说是坚持，还是习惯。这样不稳定的日常生活，颇有几分趣味，并与作者的生活样态形成照应。而作者《繁花》中的人们，又何尝不是在空间中做着“自处”这道题。

（发表于《上海文化》）

什么曾羁绊一只春燕
——读沈书枝《燕子最后飞去了哪里》

沈书枝新书《燕子最后飞去了哪里》[1]是一本关于家人的叙事散文。孪生妹妹有鹿为此书作了插画，还“跳出来吓大家一下”作了序。（序言，第7页）从序中可知“大燕”“小燕”是这姐妹俩的小名，“燕”字中自有份属于农家的亲昵，也预言到姐妹们长大后的分离。

虽然雏燕们已经轻盈地飞向远方有了新巢，独特的经验却在这本书中得以保存。因父母是地地道道的庄稼人，靠种田为生，沈书枝从小参与其中，农人与土地的日常关系在字里行间被道了出来。八十年代出生，一家七口，父母之外姊妹五人，最小两个是双胞胎，已是超出同时代作为大多数的独生子女关于家庭的体验。不断由于成员认识上的改变而发生在最亲密小集体中对新关系的观望与接纳适应，更是同代独生子女难以经

[1] 沈书枝:《燕子最后飞去了哪里》，北京：人民文学出版社，2017年。本文对这部作品的引用，依据此版本，在文中标出页码。

历的。

一般人对过去的记忆是片段式的，沈书枝却不是，她常常姿态轻松，仿佛还嗑着瓜子，但叙述中有种不容置疑的准确和延续。她讲自己的故事，不渲染、不文绉绉，甚至好像在说，你在读我的作品前应当已了解我，你要适应我，而对于你在我的讲述中是否有收获，我不负有任何责任。这便有种隐形的力量感，某种程度上有了上帝说"要有光"那样的霸气，实际上是乡村式的铺白。这样"不负责"的叙述态度，云淡风轻，没有命定的时刻，不作花哨技巧去吸引读者，甚至在快速叙述中不为读者的消化考虑而作停留，反倒是让读者有了在被带着快速上前时试图在固定的信息量中多理解一些的想法。

可是，另一方面，沈书枝在书中将视线放得很低，低到与童年的那个自己视线平齐，将当时的行为、想法、心情保留下来，使之不随经验的增长而波动。如此，才能在作品中不厌其烦地描述音乐贺卡、手机、CD 机等物，并记录下这些当时由城市传到乡村的新鲜事物给自己的神奇之感。今天来看，CD 机已经被淘汰，几乎人人离不开手机，但当时手机虽神奇却陌生，遭到沈书枝们的嫌弃，"按了几下，不知道有什么用，又还给她"，反而CD 机对于爱唱歌的她们具有强大的吸引力。（第67页）童年的经验被保留下来。

变化从城市到达乡村，"从田里打完稻，回来洗过澡，吃过晚饭，有电视的人家就把电视搬出来，放在门外场基上放……"

（第82页）与城市很快适应变化和更新不同，乡村的内核是稳固的，这种顽固体现在人身上，是身心上对于新鲜事物反应的迟钝。大姐去外地读书、工作，成了姊妹们与外面世界联系的通道，但虽然心情上是期待的，包括大姐在内，她们在实际对外面世界的接纳速度上是迟缓的。城市中流行吃火腿肠时，大姐买了带回家中尝鲜。“怀着庄重的心情，用菜刀把火腿肠切开，拈一片到嘴里。”（第41页）然而不管用什么烹调方式，她们都没能适应火腿肠，最后只好很少见地浪费了食物。直到一两年后，当乡村小店也有了这样食物，她们才突然在味觉上与火腿肠有了缘分。又如，沈书枝天生有副好嗓子，但在形容自己和妹妹唱《南泥湾》这首歌的情形时，她用了“洋里洋魂”这个词。不仅是情境的描绘，更下意识地表达了个体对于内外的区分，隐含着这样一个判断：这首歌是在电视的影响下学会的，不属于当时乡村中个人经验的一部分。

沈书枝和妹妹这对孪生姐妹共有着理直气壮与一切较真的态度。双胞胎一起淘气的次数多了，在家人心中便形成了固定思维，这对时受冤枉的小姐妹便说：“这也要赖我们！难道是我们两个把碗抬起来打到地上的吗？”（第117页）沈书枝将这振振有词的反驳写了下来，小姐妹当时不满的神情和理直气壮的姿态便显现出来，令人不禁一笑。另一件将这对小姐妹的直率性格表现出来的小事是，听说五年级在儿童节上的新歌会唱放牛，小姐妹“听了唯有拊膺叹息，我们哪个放假不给家里放牛”，但当五年级以乡下未见过的合唱舞台造型表演完《走在乡间的小路上》，她们"目瞪口呆"，心悦诚服地"拼命拍巴掌"。（第231、239页）

这样的态度，也与乡村的滋养或多或少地联系在一起。沈书枝在作品中写小时候自己对眼睛所见事物真实性的怀疑，她的检验方法很简单——闭上眼睛，用手去摸。插过秧打过稻，看得到水稻何时长出稻苞，何时扬花，便不会将种田和放牛当成浪漫诗意的想象，因此与土地靠得更近，未经渲染的感受来得更加真切。"打过的稻草一会儿就堆得很高了，热烘烘地发出浓郁的青气。遍地的蝗虫，振着青绿翅膀，几只小蜘蛛匆匆忙忙从我们裤腿上旅行过去。我们去旁边的塘里洗脸，把已经晒干的手巾重搓一遍，然后把稻桶往前拖一大截，不然抱稻铺子的时候，要走的路会越来越远。"（第26页）因为受了这样现实的教育，自然课能给她的知识便显得既浅又单。

这是一个七口之家，生了五个女孩。大部分人都能预知多子女家庭中情感关系的微妙，"二孩"政策一推出，这样的社会讨论便开始了。想来，沈书枝这样的家庭，绕不过的第一个问题是父母在生育上明显的重男轻女。沈书枝也坦然地将这个尖锐的问题放在了全书靠前的位置，母亲生完五个女儿，被强制结扎才没有继续生育下去。但与其说这是一个内部问题，不如说到头来其实只是不断需要与外界应对的问题。因为想法有变，父母做到了生而育之，倒是外人的话语有时显得有些尖刻。女儿们学会了从容得体而属实地去应答："是的呀，不过生了我们，他们也很喜欢。"（第20页）第二个问题是父母对姊妹几个感情上的亲疏。但这在沈家也算不上一个问题，因为父母对每一个孩子都有爱，只不过因为对各个孩子性情喜好和责任位置的判断而表现出不同。社会"二孩"话题中大孩和二孩可能出现的以大欺小或以小欺大的问题，在沈书枝家庭中被怜爱取代。书中涉及的多子女家庭真正的情感关系问题，是变化后的接纳和适应问题。

小时候，当村里还未通电，孩子们处于同一个世界，夜晚是诗意的，"广大的黑暗覆下来，轻轻盖住我们的梦。连同我们小小的屋子、四围的田畈、远处的山影，也都一起沉浸在纯粹的黑暗中。只有在那之上遥远的天空，冬天的星星还繁密无极，随着时间慢慢移转"。（第7页）这些年来，大姐、二姐、三姐和双胞胎妹妹，包括父母，不断有人离开家庭，也有人为家庭带来新成员和新认知。母亲突然离家去城里做工，沈书枝作为小孩子，一颗满满的真心被毫无准备的失去而伤害了。即使在一起，姊妹不同的人生阅历也带来不同的认识。并且，这家人彼此间言语上的表达是那样匮乏，沈书枝给在外的大姐回信时，"除了表白要好好学习的忠心以外，都不会写其他的话"。（第43页）即使感觉到信中有反常，妹妹们也不会主动了解姐姐在外经历了什么，只是隐隐地替她不放心。心中疑惑于姐姐恋爱的结束，不满于姐姐婚礼的简陋，却发现自己并不是姐姐愿意与之倾诉的人，自己当真的约定在姐姐那儿只是哄小孩的玩笑话。其实，这种感受不仅在小孩子们身上，姐姐也因妹妹竟误会自己不想见她们而伤心难过。就这样，外出的人和这个小集体虽彼此牵挂，却彼此心伤并小心翼翼，渐渐没了那么多的自在。

可是另一方面，姐姐虽然自己过得很不容易，却惦记着妹妹们，在信中夹的钱使妹妹们“坠入一种巨大的幸福之中”。（第224页）寄来字帖让妹妹们受到额外的训练，同伴中有时兴的玩意总不忘给妹妹们很快带一份，冬天不忘将输液的大玻璃瓶带回家给姐妹们一起灌热水取暖。外出的人心里还是系着家，就像在家里的人心里还系着她们一样。去南京姐姐处玩，妹妹们玩得一片懵懂并不尽兴，但觉得这安排中有一片好意。可以看到多子女家庭之中虽隔膜却努力调整适应的关系。沈书枝已知的自己少女时代中的情感，与她未看到的姐姐们的少女情感是相通的。排他性的爱情会使人忽略身边的人，以至于影响姊妹间无话不说的亲昵，但成年后，姐姐的新家又在困难中接纳包容妹妹们，过得拥挤热闹，妹妹们也得以在平凡中欣赏和祝福姐姐姐夫真挚的感情。

爱护彼此，接纳新变化新成员的调整的同时，维护过去。沈书枝作为妹妹一直对三姐夫形容这个从小长大的地方是个“荒凉的牧羊村”耿耿于怀，即使在三姐夫刚病逝后去他家祭奠，也不忘在家乡上与他所说的对比一番，为自己的家乡扳回一局。

（第96页）这不能不说是根深蒂固的凝聚力。

沈书枝何以记性如此之好，总能对于过去的微小记忆如数家珍，是我阅读时候的一个长久疑问。在读到她在南京先锋书店看书的经历，才得到解答。她说只记得当时很喜欢的两本，别的书不记得了。沈书枝书写的是羁绊过她的记忆，至于那些无关的过往也是随风而去的。曾羁绊过她的太多太多，以至于有了这本书。

沈家的日子过得苦，妈妈差点因为错误的结扎手术而丧命，一家人勤恳地干着重活，孩子们冬天却穿不起毛裤，连卫生纸都得到店里去赊。作为小孩，姊妹们尚且拥有在阳台上伸手摸杉树叶子的心情，到长大了在互相扶持中，人人疲于生计，连给前住户留下的一丛清雅竹子浇水的力气都没有剩下，竟让竹子活活枯死了。但是，沈书枝的书中却鲜有不平之气。正如淡淡地接受照相时没有风景，沈书枝接受了那些苦日子，接受了浪漫和幸运不常来临。她所写的不是苦日子，而是过去日子中羁绊过她的人事、乡村，这些绕不过去并仿佛曾生长出自己一部分血肉的记忆。

至此，即使是同样出生于八十年代的却缺乏农事和兄弟姐妹经验的读者，也可以释怀，为何沈书枝的书中未留下自己熟悉的成长风景。这是一位曾经每逢假期回去放牛并消解其中寄托的浪漫想象的作者，一位动听地唱起“一条大河波浪宽，风吹稻花香两岸”时不是抒情而是写实的作者。她的许多记忆之前并无人来分享，她写下的是羁绊她的独特家庭的记忆，也是朴素的人之常情。

“小燕”有鹿在“大燕”沈书枝的书中画上应景的插图，让人想起小朋友们唱的“小燕子穿花衣，年年春天来这里”。有鹿在序中说，父亲将老家的屋子改造出六个卧室，这样每个女儿回家都会有自己的房间。你瞧，五个孩子都长大了，一个家庭渐渐好起来了，这个父亲以这种方式来维护住了一家七口的团聚，并小心翼翼地接纳每个人的改变。但这是个例，这个办法中未见到可以扩展和延续的地方。现在看来，不得不接受的是，村庄终会被遗弃，空荡荡的旧屋会坍塌，村路将渐渐被荒草和废墟埋没，不复得路。沈书枝将之叙述出来，她同样苦于未找到维系人与土地的方法。题目“燕子最后飞去了哪里”的发问是建立在这种隐忧上的。在对过去的叙述之外，作者无法浪漫地向乡村表白，也无法对受过苦并在现实中行走的人提出任何要求。

又是“谁家新燕啄春泥”的季节，是沈书枝在北京工作后每年最思乡的时候。她也飞走了。可是，读过这本书的人，会记得是什么曾羁绊这样一只春燕，并让燕子在梦中盘旋反顾。

（发表于《文艺报》）

抵达非虚构：对实践阻碍的克服

一、需在实践层面具象考察的缘由

“非虚构写作”的说法在中国大陆逐渐流行已有十多年的时间，新鲜与疑惑并存，人们发现其惊人的容纳度——“似乎什么都可以有，但不能有：虚构”[1]，同时，对其的疑虑也较为突出。更多人认识和接受“非虚构写作”的主要障碍，目前在三方面：首先，称呼存在意义上的疑问——既然有了“人物传记”“家族志”“调查报告”等具体称呼，是否有必要再用“非虚构写作”涵盖它们。其次，对其刻意将虚构剔除在外的诟病——“虚构写作”成果斐然，为何偏偏要排除虚构建立一个非虚构的“阵营”。讨论其必要性之后，最为严重的一点，是对能否真正做到非虚构的怀疑——如果非虚构本就不能达成，那么，“一厢情愿”掀起的“非虚构写作”热潮应该早日退去。

[1] 张涛甫:《非虚构写作：对抗速朽》,《新闻记者》2018年第9期。

第一个方面的困惑，主要来源于对“非虚构写作”认识的不足，同时也包含受到新名词冲击后的情绪反应。2010年《人民文学》开设“非虚构”专栏之前，不仅大众对“非虚构写作”陌生，在中国大陆的学界中，这都是一个少数人使用的称呼。近些年来，虽然作品频出，但大众对其认识还是比较模糊的。正处在对外来事物的接受过程中，情绪上难免引起防御性抵触，以“古已有之”等理由简单否定“非虚构写作”称呼的存在价值，也有一些人是在严肃的思考中审查这桩“新事物”。

严格地看，其与“人物传记”等称呼的概念不在一套系统对应的话语关系中。它们之间并不存在自上而下架设一套等级森严的层级关系，只不过是“人物传记”等类作品确实符合了“非虚构写作”对作品的筛选标准而已。时间上“非虚构写作”称呼的晚近登陆，也可以侧面反映两者之间并无刻意层级。并且，从“非虚构写作”的标准来看，除了这些属于已有称呼的作品，非虚构写作还有很大空间来容纳未有称呼类型的。这也是《人民文学》当年要引进“非虚构”新专栏的原因——设置容纳更多类别作品的空间。同时，因“非虚构写作”之名，“人物传记”等类型的作品也在研究层面被破除一些成见，为重新打开深入认识增添了可能。因此，大可不必因为先有了“人物传记”“家族志”等具体称呼，就否定“非虚构写作”的存在价值。

第二点的指责，受到文学偏好的影响，并可能有潜在的文体保护意识。文学作品创作常常不先严格区分虚构与否，而以达意、表情和审美为重。而之前很长一段时间中，大陆风行虚构文体作品为上的态度，一度连与现实关联更明显的现实主义虚构作品都因此变得等而下之了。这种观念在今天仍有一些继承。但“虚构写作”被理解和使用时，实际上便隐性地存在了对应的“非虚构写作”，两者在一个系统的话语关系中界定彼此，因凭各自特点而在不同路径上发挥作用。

不应该局限在文学范围内看“非虚构写作”，如此范围的局限会造成“非虚构写作”从部分到整体层面均有的意义丢失。古人非虚构的方志及地理游记，虽有部分因文采奕奕而在文学范围内被人颂扬，但终是以文学范围以外的文献资料作用为主；到20世纪30年代，胡适在《四十自述》序中表达了促成“社会上做过一番事业的人也会赤裸裸地记载他们的生活”的愿望，除了“给文学开生路”这部分，也还有“给史家做材料”的期待，即渴求由个人写自传为时代做宝贵记录。[1] 古人“经史子集”的说法，尚且超越文学的范畴，当前文学范围之外作品涵盖的缺失，将体现为“非虚构写作”整体层面意义的丢失。“非虚构写作”最可贵的特点之一，便是强大的包容性，局限在文学内部，便损害了整体包容度。

不同于前两点在范围层面考量这个新鲜称呼的到来对原有体系的影响及意义，第三点质疑涉及“非虚构写作”的根本——

[1] 胡适:《四十自述》，北京：中国文联出版公司，1993年，第3页。

非虚构的基本要求。能否非虚构，分认识和实践层面。写作中有意识地进行了虚构，便不在非虚构写作之列。但在面对质疑时需明确，“以完全客观的认识和呈现来要求将使得这一文体在现实中偃旗息鼓，更使事物回到类似‘物自体’的状态，无法对之进行写实的言说”[1]，“非虚构写作”不应该受到苛求。

“非虚构写作”必须是非虚构的，这是基本要求。在中国古代的传统写作中，约束克制、不含虚构地完成作品的意识并不明显，因此，在追认古代作品的非虚构属性时，判别须尤为谨慎。到近现代随着科学发展、社会转变，人们对非虚构的意识和需求才有所增强，但直至近年，仍然有虚构假托非虚构之名的现象，这些作品当然不应因自称便属于这个行列。虽然一些新闻机构对非虚构写作设有事实核查的环节，但非虚构主要靠作者来把握。

非虚构的意识主要靠写作者自己把握，具体实践上，却常常遭遇把握之外的困难。即使是今天，非虚构写作的实践仍然不是一件易事，写作所呈现的对象很多时候是写作者自身之外的，写作者主体对客体的呈现有赖于客体的配合程度。因此，除自传以外，极易受制于历史或现实中资料的缺乏，又不能在技术层面以虚构来辅助完成。

因此，本文接下来在“非虚构写作”实践层面具象考察，

[1] 丁茜菡：《“现成性”规约下非虚构写作的事实建构》，《当代作家评论》2020年第4期。

分析相对于写作客体的不同程度的被动处境中，写作者主体是如何克服阻碍来使其写作继续抵达非虚构的。依托三位中外作家在非虚构写作上的具体实践，了解非虚构写作实践技术层面阻碍克服情况，将增强读者对于抵达非虚构的信心，回应能否真正做到非虚构的质疑，帮助人们更好地认识接纳“非虚构写作”。

二、以“我”观察，与“我”比对

尽管不是为非虚构写作的名号而写，但生活中常见一类非自传性质而又单向度地掌握着话语权的非虚构作品。这些作品中，写作者对写作对象有一定熟悉度，但并非写作对象本身，也并非刻意调查或故意采访挖掘的陌生人事，所写事件可能缺乏新鲜感，新闻性不强。往往，人们对这类作品的非虚构写作属性意识淡薄，故而缺乏从非虚构写作角度的积极研究。而对这类非虚构写作认知的缺乏，会影响到对非虚构写作整体的了解。比如，了解其虽掌握话语权却因非虚构基本要求而受制于写作客体的现象；又如，怎样精准呈现写作对象，又怎样使自身的话语权不影响非虚构，也是需要考虑的问题。

在这类作品中，用来弥补写作主体的被动局面的，多是主体本身的观察和经历，作品在材料上依赖写作者自身的观察所得，在呈现中也极力调动作者本身相关的经历，作为补充。比如作家王安忆的怀人之作《我和彭小莲》[1]。王安忆如实托出，和已故友人彭小莲“上辈的渊源，我知之不多”，但其克制内心伤感，在细致观察、敏感发现的基础上，以自身与彭小莲交往的经历记录为主，兼及他人处的可靠见闻，突出彭小莲的特点。其以“我”的观察、与“我”比对的穿插运用，用自己与彭小莲不同做法的对比，以及对不同事件中彭小莲自身做法的观察，勾画出彭小莲的一生，最终使得故人形象得到了印象式保存。

具体讲来，首先，为非虚构地呈现彭小莲的精力旺盛、活泼外向和守信重诺，王安忆从见面的情形开始回忆。结合见到真人以前听过同事的描述，王安忆注意到20世纪80年代在家中初见的彭小莲“光彩照人，语言活泼，表情生动”。几年后彭小莲突然又不告而来，王安忆回忆她迫切倾诉电影没有过审的懊恼。在王安忆的观察中，一夜无眠后彭小莲情绪激动得时站时坐，谈起自己的电影拍摄和钟爱的电影世界来仍然生龙活虎。文章中，王安忆写了当时自己的心理。彭小莲可以不休不眠、不请自来、对着较为陌生的王安忆倾诉自己的苦恼，王安忆却没有这样的“疯”劲，对陌生领域事物也像普通人一样有些畏惧回避。彭小莲隔天即要落实王安忆只随口一说的话，吓得王安忆委婉拒绝。到2000年以后再及有往来，进行电影方面的合作，王安忆发现彭小莲做起事来还是那样风风火火，她自作主

[1] 王安忆:《我和彭小莲》,《收获》2019年第5期。

张的行为甚至引起过王安忆的“抗议”。

在对之后交往的叙述中，一方面，王安忆以自己写小说与彭小莲拍电影的经验相比较，衬托出彭小莲制作电影转化利润的巨大风险；另一方面她观察到，彭小莲作为理想主义者坚持谈论无望已成定局的东西时，仍旧激动——“拍桌子跺脚的，那台灯一亮一灭，仿佛灵感的闪烁，很是好笑。”这呼应了彭小莲第一次去找王安忆时的场景，时代变化，不变的是彭小莲的风风火火。在直来直去这个性格特点上，王安忆还以2018年彭小莲在香港与她见面时对一部电影的斥骂作为例子加强呈现，并表示了对其性情的理解。至此，彭小莲大大咧咧、勇往直前的真实形象已入人心。

而真实的彭小莲还不止有这样的面向。从彭小莲病中观察到其糅杂交织的不同面，王安忆直惋惜了解时间的不够。首先，不同于平时的率直，彭小莲将病情对老友隐瞒得严严实实。王安忆倒推出几次聚会未成与彭小莲病情发展节奏上的相关，文中她记录下自己当时对彭小莲隐瞒病情一事气愤而又情切的责怪。其次，王安忆以事例呈现彭小莲病中超出常人而与其行事风格一以贯之的“鲁莽与勇进”。小莲选择的治疗方法较为激进，与告知王安忆时谈话环境的温暖平和形成强烈比对。“小莲很痛苦，但气势还在。”王安忆引用了许鞍华后一次看彭小莲后的真实短信。再者，“气势”在文中所录身体虚弱、坚持做公证时以繁体字签名的细小事情上也呈现出来——“她手臂沉重，握笔困难，还要写繁体字。我说：好了好了，将就点吧！她说：习惯了，怎么办？”王安忆作为旁人的观察，将彭小莲在疾病面前对尊严的坚持呈现了出来，并且，向不知情的读者点出，这个彭小莲要费力完成的公证，是为了“遗赠帮助过她的人”。

“暴烈”行事风格与病中预处理身后事的心细如发、对友人关心的温暖周到上形成对比，反映出彭小莲大大咧咧率直行动之下是极为柔情而细致。虽然《我和彭小莲》的标题中“我”和“彭小莲”是并列的，但“我”的作用主要是以“我”在二人交往和他人处真实见闻中呈现彭小莲的形象，以“我”的感想、做法与彭小莲的进行对比，将彭小莲自身不同行为进行比对。

三十年前，在《我的同学董小苹》[1]中，王安忆同样以“我”的观察以及“我”与董小苹命运的不同使自己成了读者认识董小苹的桥梁。《我的同学董小苹》从二人有交集的儿时记录起。董小苹是同龄人眼中的“幸运儿”，为说明董小苹的外貌装扮出众，王安忆回忆了自己母亲对她毫不掩饰的喜爱，以及造成了当时自己“满心委屈，妒忌得要命，眼泪都快下来了”的情绪反应，还复述了小学老师对董小苹充满喜爱的形容——“娃娃一样”。然而美好的事物让一些人“不安与不平”，加上资产阶级身份，在特殊的年代给董小苹一家带来了灾患，从董小苹在交好时对“我”倾诉的在外已不成为秘密的秘密看到，这个

[1] 王安忆:《成长初始革命年》，南京：译林出版社，2019年，第81—93页。

相貌、才智都优秀的女孩，内心深处最介意的是家里的阶级成分问题。

王安忆以比照自己同时段经历、感受的方式写着董小苹，又以几年之后对董小苹家的展现与幼时王安忆所见的景象对比，鲜明显示董小苹在成长过程中经历了不公与不幸。王安忆举例了董小苹上大学的波折、工作后的挫折。但董小苹骨气还在，对自己的要求还在，勇气和韧性也还在，从王安忆的视角，她看到董小苹在大雨积水中从容不迫，周到待客、照常过日子，董小苹在外国人误解面前不卑不亢。这些让王安忆对比出自身所处的环境中虚荣的部分，从而反思自己的生活。非虚构地写这样一个在艰难世事中没有屈服的人，王安忆在文中提到一个美好的假想——“假如没有‘文化大革命’，董小苹会怎么样”。既是“假如”，那便是与现实不符的，如何来体现这个“假如”？文中，王安忆又以自身的经历比照。

这两篇作品非虚构的技法异曲同工，运用充分。写作者主体在作品中行为的重要性为所要表现的客体“彭小莲”“董小苹”侧身让位，但又以观察、比对的方式积极参与到客体的呈现中，为客体真实生动的呈现做出了宝贵的贡献。

总体而言，在写作者单向度地掌握着话语而又缺乏在客体材料上的主动权时，这类非虚构写作以“我”的观察、与“我”比对为主的素朴的技法，整理从局限角度获取的事实，完成受限于非虚构写作不能虚构性质的客体呈现。

三、反差叙述，调整面向

本文留意的另一类非虚构写作，与作者自身经历拉开了较远距离。2020年秋季，复旦大学中文系创意写作硕士专业新设的“非虚构写作实践”课程[1]上，王安忆要求学生在做非虚构写作的实践时，选择对自己出生的那年、自己生活的地方发生的一件事尽可能充分了解。之所以对事件发生的时间有所限制，主要是希望由此硬性拉开一个“他者”的距离，使学生看到更大更多的部分。这项要求给这些学生带来了很大的挑战。一方面，由于时间遥远，材料搜集有一定的难度，想要获知事情的原貌也并不容易；另一方面，写作者自身的已有经历很难成为补充材料。

为帮助学生克服资料获取受限的困难，组织构架，完成非虚构作品，王安忆以画地图、开清单、提供细节、描述照片等方式启发学生，提醒学生避免“想当然”，鼓励建立“对具体的信心”，找到事件“特殊性”。除此以外，丽贝卡·思科鲁特《永生的海拉》[2]一书出现在王安忆为这门课提供的非虚构写作阅读书单中，也许正含有这方面的考虑因素。

---

[1] 说明：本文中对王安忆2020年“非虚构写作实践”课程内容的叙述，未经王安忆本人修订，与其课堂中的实际表述可能存在细微差异。

[2] ［美］丽贝卡·思科鲁特：《永生的海拉》，刘旸译，2018年，桂林：广西师范大学出版社，2018年。

海拉细胞是现代医学史上具有重要科研价值和对医疗进步至今依然有着重大贡献的一种细胞，其来自对黑人女性海瑞塔·拉克斯癌症细胞的体外培养。丽贝卡·思科鲁特多角度还原了海瑞塔·拉克斯的人生、癌症的发作、提取癌细胞、培养“海拉细胞”及加以利用的过程。从这一还原中得到体现的，还有其在世时的医疗、科学、法律与人权环境以及其逝世后几十年中这些环境的发展变化。

《永生的海拉》广获美名，被《卫报》称为“一本必不可少的好书”，曾获《纽约时报》“年度十佳图书”称号，但作品完成的背后却有着过程的曲折。从时间上看，写作者与自己写作中发生的事情有很远的距离，写作者身份也与被调查人物的身份相差很大，这两点上，拉开了一个足够大的“他者”距离。具体来说，在此次非虚构写作中，除了有年代久远调查不易、人物与写作者自身背景相差较大的困难，写作者还遭遇了人物后代的不配合。在实际考察时，事实获取的困难是清晰的。“海拉细胞”的主人已死去几十年，且写作者丽贝卡·思科鲁特与她想要从之获得信息的重要采访对象、海瑞塔·拉克斯之女黛博拉·拉克斯有着完全不同的文化背景。这种差异和黛博拉·拉克斯因海拉细胞事件遭到的心理创伤一起，形成了写作时获得事实信息帮助的阻碍。

《永生的海拉》克服写作者主体与客体距离过大的困难，前提是写作者在获得更进一步真实了解上的长久兴趣。疑问从写作者的高中时期就开始了，推动了探索的进行。作品开始处说："多年来，我就这样端详这张照片，想象她的一生是怎样度过的，她的孩子们在哪里。"还原海瑞塔·拉克斯生活的强烈愿望，经过时间的发酵越来越清晰，于是付诸行动，丽贝卡·思科鲁特用了十年时间来极力搜集资料。她从"海瑞塔·拉克斯的家人和朋友，还有律师、伦理学家、科学家，以及报道过拉克斯家族的记者"处做了"超过1000个小时"的采访，"借鉴了大量档案照片和文件、科学和历史研究成果"以及黛博拉·拉克斯的日记[1]。

不难看出，丽贝卡·思科鲁把握住了材料上的反差，将医学史和个人生活穿插在一起讲述，在时代科技发展的洪流和亲人情感失落的游丝的对比中突出理性与情感、大局与细部表现的相异。

科技方面，"海拉细胞"造福人类、产生经济利益。"海拉细胞"对医学的贡献大名鼎鼎，其从被发现以来便一刻不停地被复制生产、用作科研和医疗，为人类健康而服务。当人们使用"海拉细胞"做实验时是理性的，几乎不会将其与有血有肉的人联系在一起，对其没有情感方面的亲近，也无伦理方面的禁忌；当人们获益于"海拉细胞"带来的医疗进步，甚至是将"海拉细胞"制作的疫苗注射到自己的身体中时，几乎没有人会

[1] ［美］丽贝卡·思科鲁特:《永生的海拉》，第vii页。

想到它和几十年前痛苦死去的女人海瑞塔·拉克斯的根深蒂固的联系。

但海瑞塔·拉克斯及其家人却因“海拉细胞”承受多重煎熬。于家人而言，从海瑞塔·拉克斯身上取走的细胞，一直是她生命的一部分的延续，故而情感上难以接受不被告知。底层贫穷状态下教育的缺失导致理性的科学知识的缺乏，使亲属们更容易想象她本人化身实验中的“海拉细胞”，被禁锢在容器中、被在核试验中炸裂和被复制克隆重现。这些想象的画面无疑是酷刑，亲人无力改变其处境却在情感上一同遭遇酷刑。并且，由于“海拉细胞”名满天下，亲人的状态被科学研究者跃跃欲试地当作“海拉细胞”研究的衍生来考察。承受了这么多，亲属却只同一般人那样受益于“海拉细胞”带来的普遍医疗进步而已。

有意识地呈现反差，有赖于补充接收作为活生生的个体的相关信息，然而，写作者能发现，进一步细致呈现海瑞塔·拉克斯其人却困难重重。能获取的时代信息留存相对丰富，主人公的社会属性在《永生的海拉》中渐渐得以勾连，但也限于此。逝者已去，由于时间的阻隔，即使是她的女儿，对母亲也知之甚少，又缺乏优秀的叙事能力；另一方面在于外界对细胞及海瑞塔·拉克斯家人的利用造成的伤害，使得其家人对外界防备甚深。

以往，在海瑞塔·拉克斯个人信息的留存远不够弥补其第一人称叙述的空缺情况下，写作者为获取更多信息，多次跨越禁忌。这样的行为，和对其进行生物属性的利用一样，伤害着海瑞塔·拉克斯家人的感情。典型的如，在不顾及病人隐私和其亲属感受的情况下，将其去世的经过以及此后解剖其尸体时大量的细节在图书中直接公布于众，令本希望从书中获得对海瑞塔·拉克斯肯定的亲属痛苦不已。

比对受到信息量上不对等的阻碍，为补充呈现个人生活继续深入，丽贝卡·思科鲁另辟蹊径，调整面向，如实呈现了海瑞塔·拉克斯家人面对外界时的敌意与脆弱。这原本直接阻断了丽贝卡·思科鲁特对“海拉细胞”相关信息的进一步获取。即使是获得信任深入接触之后，海瑞塔·拉克斯女儿黛博拉·拉克斯对其信任还有反复，这是因为曾经受到外界恶意欺骗的记忆和渐渐揭晓的家人痛苦遭遇一起刺痛着这个可怜的女儿。

丽贝卡·思科鲁特记录下自己与海瑞塔·拉克斯家人持续的交道。在猛然知道了“海拉细胞”的事情之后，海瑞塔·拉克斯之女便开始苦苦寻觅详细的事实，想了解自己的母亲。写作者为之提供帮助，并继续观察记录。读者由此可以感受到一方面书中的时间在“海拉细胞”被发现和利用之后向前走着，一方面历史过往又在被打开，两方面共同丰富读者的认知。

《永生的海拉》通过对海瑞塔·拉克斯的多渠道追踪，松动了板结的历史，呈现时代的肌理。在以反差叙述写作时，丽贝卡·思科鲁特接受信息匮乏的现实，尊重逝者及家属的隐私，认识到他们的痛苦，提供人道的帮助，在呈现陌生客体时由对人的关心开辟了新的面向。

这类与写作者自身拉开了距离的非虚构写作，在基础资料的搜集之后，要根据材料特点选择适当的呈现方式，尤其是注意调整写作面向，由此进入与写作者自己相距较远而模糊的事实的体系，最终抵达丰富的非虚构。

四、引导自述，监督验证

前述王安忆非虚构写作课程书单中，还有“被公认为非虚构文学的绝佳范本”[1]的加西亚·马尔克斯《一个海难幸存者的故事》。虽然采用自述形式，但不同于一般的自述作品，与写作者自身拉开了距离。加西亚·马尔克斯引导亲历者的自述，并且出色演示了写作者对客体在非虚构上的外部监督作用。

不同于《永生的海拉》的作者从高中时期就开始了对海拉细胞的兴趣和疑问且花费十年时间完成作品，加西亚·马尔克斯一开始是拒绝写《一个海难幸存者的故事》的，但写作只花费了几周时间。他回忆，《一个海难幸存者的故事》写作前，海难幸存者路易斯·亚历杭德罗·贝拉斯科向报社出售自己的海难故事时，已在新闻上炒作过多次，似乎缺乏挖掘的可能，加

[1] ［哥伦比亚］加西亚·马尔克斯:《一个海难幸存者的故事》，陶玉平译，海口：南海出版公司，2017年，封底文字。

西亚·马尔克斯已对其失去兴趣，不愿浪费精力。即使是在接受了报社向自己摊派的这一任务后，他仍然要和这一任务疏离开来，当时他表示："写这个报道，只是服从工作安排，不会署名。"[1]

在被迫接手这项工作时，他本有两点顾虑：一是，观察到"（海难幸存者）这个故事已经被拆解拼凑、翻来覆去地讲了许多遍"，认为"被加工修补，乃至歪曲颠倒，读者也早已厌倦了这位英雄人物"；二是，估计"哪些能讲哪些不能讲，政府也一定早就给他（指海难幸存者）画好了道道"。[2]但实际上，这名海难幸存者是一个可遇不可求的优秀叙述者。两人配合的工作中，加西亚·马尔克斯满意于他的叙述能力使自己"就像漫步在鲜花盛开的原野上"，"可以随意采摘""中意的花朵"。[3]将亚历杭德罗·贝拉斯科的叙述能力与《永生的海拉》中黛博拉·拉克斯比较，加西亚·马尔克斯是幸运的。并且，虽然也许对于将真相暴露给大众的后果估计不足，但从后来敢于违反官方意愿吐露真相来看，亚历杭德罗·贝拉斯科有着非凡的勇气。

在不受人为掌控的幸运面前，容易被忽视的是非虚构写作者本人的幕后作用，具体到《一个海难幸存者的故事》，不同于

[1] ［哥伦比亚］加西亚·马尔克斯：《活着为了讲述》，李静译，海口：南海出版公司，2015年，第438页。

[2] ［哥伦比亚］加西亚·马尔克斯：《一个海难幸存者的故事》，第3页。

[3] ［哥伦比亚］加西亚·马尔克斯：《活着为了讲述》，第439页。

丽贝卡·思科鲁特极尽所能地搜集有关海瑞塔·拉克斯的信息，加西亚·马尔克斯以海难幸存者作为唯一讲述者。加西亚·马尔克斯在亚历杭德罗·贝拉斯科叙述中的“漫步”与“采摘”的作用，极易被忽略。

实际上，是加西亚·马尔克斯控制了叙事的起止点，并引导了自述作品叙事的节奏。叙事的起止点上，“为了让读者做好下水前的热身准备，我们决定从起航前，亚历杭德罗·贝拉斯科在莫比尔度过的最后几天讲起”，“还达成共识，不以登陆结尾，而是写到他在人群的欢呼声中抵达卡塔赫纳”，但他实际上写得更多，写到了亚历杭德罗·贝拉斯科在不同渠道讲自己的故事；节奏上，“连载十四篇，让悬念维持两个星期”。从叙述效果看，作者一方面选择不以海上航行的开始和结束为叙事的起点和终点，突出人物并非完全单独，而在社会系统、情感网络之中；另一方面，选择从平缓时开始叙述，为读者增加了情绪体验的变化，在亚历杭德罗·贝拉斯科登陆后，在其社会网络中的遭遇里，读者兴奋的情绪渐渐得以平复。控制好叙述节奏是有磨合期的，加西亚·马尔克斯回忆道："贝拉斯科老想一口气把话说完。但他很快领悟，知道要按提问顺序和提问深度依次作答。”[1]

以上是写作者在《一个海难幸存者的故事》中的引导作用。

---

[1] ［哥伦比亚］加西亚·马尔克斯:《活着为了讲述》，第439页。

作品虽以第一人称叙述，但加西亚·马尔克斯给这部作品奠定了基本框架，以提问顺序的安排和问题不同深度的设置来引导自述，使得叙述者的发挥更具条理和层次，并最终整理成作品。加西亚·马尔克斯起到的更加不能忽视的作用，是对封闭事件的有效监督验证。《一个海难幸存者的故事》作者对从海难幸存者叙述上获得更多内容可能的消极态度，如同《永生的海拉》在信息获取上受家属信任度的制约一样，再次指向了写作主体对客体的被动处境。

加西亚·马尔克斯对亚历杭德罗·贝拉斯科的叙述在意识上有所警惕，并在行动上加以相应的验证。对这次海难的事实真相，加西亚·马尔克斯有一定的基于观察和分析的准确预感。由于观察到官方对之前记者采访本次海难的关键信息进行了多种妨碍，他意识到官方很可能“在向公众隐瞒有关海难的惊天内幕”。[1] 再加上，之前这起海难已有的报道已重复多次缺乏新意，他对亚历杭德罗·贝拉斯科的叙述提高了警惕，希望从中获得与之前不同的信息。由于怀疑叙事的真实性，在听亚历杭德罗·贝拉斯科讲述期间，他一方面要求其尽可能“事无巨细”[2]，另一方面对其反复进行事实逻辑的自洽测试。他“一边做记录，一边不时提些迷惑性的问题，看他（亚历杭德

[1] ［哥伦比亚］加西亚·马尔克斯:《活着为了讲述》，第437页。

[2] 同上，第438页。

罗·贝拉斯科）的叙述中是否有自相矛盾的地方”。[1] 他观察亚历杭德罗·贝拉斯科的表情，因为“一个表情，胜过千言万语；有时，表情和声音还会南辕北辙”。[2]

“惊天内幕”便是在这样的做法下被揭开的。官方对这次海难的解释是“遭遇风暴”[3]，加西亚·马尔克斯“想更细致地了解”，“请贝拉斯科细细道来”，贝拉斯科“微微一笑，说道：‘根本就没有什么暴风雨。’”。[4] 对应地，加西亚·马尔克斯寻求到来自气象部门的当日天气晴好的证明。据亚历杭德罗·贝拉斯科所述，导致海难的主要原因是军舰上家电超载。相应地，通过联系贝拉斯科有相机的战友，加西亚·马尔克斯和报社同仁一起找到军舰在航行中承载家电的照片。亚历杭德罗·贝拉斯科的事实讲述还揭露了军舰救生筏并不合乎规定的秘密。

在当事人优秀的叙事能力基础上，以对叙事节奏和起止点的把控、基于观察和分析的预感、对事件的细致了解和逻辑自洽测试，加西亚·马尔克斯找到了路径。由此，他成功打开了原本对外封闭的海难事件，将还原的真相和细致的回忆一起，集成了一组优秀的非虚构写作——《一个海难幸存者的故事》。也即，当客体的构成以及可以成功探索整个客体或其一隅的路

[1] ［哥伦比亚］加西亚·马尔克斯：《一个海难幸存者的故事》，第4页。

[2] ［哥伦比亚］加西亚·马尔克斯：《活着为了讲述》，第439页。

[3] 同上，第440页。

[4] ［哥伦比亚］加西亚·马尔克斯：《一个海难幸存者的故事》，第4—5页。

径都是未知时，写作者克服资料获取上的限制，维持了写作的非虚构以及非虚构写作的精彩水准。至于作品在报纸上连载后，公众对真相的揭露和具体生动的故事呈现都产生了极大关注，报纸销量大增，死亡威胁却也随之袭来，加西亚·马尔克斯本人被迫多年流亡在外，这是未曾预料到的打开事件的代价。

五、克服阻碍抵达非虚构

不同程度地置身于相对写作客体的被动处境中，非虚构作者们排除实践中不同的困难，使其写作满足非虚构的基本要求，并成为出色的作品。在怀念友人的非虚构作品中到位地使用了以“我”观察、与“我”比对的方法，王安忆从局限角度生动地完成了对客体的非虚构表现。但在因写作内容与作者自身拉开了较远距离的作品中，丽贝卡·思科鲁特和加西亚·马尔克斯的这两部作品中所遇到的问题，难以由此解决。虽然均在处理与作者自身经验相差较大的写作内容，这两部作品因为面对具体局面的差异而采取了不同的解决方法。丽贝卡·思科鲁特选择了反差叙述、调整面向，呈现了非虚构的丰富；加西亚·马尔克斯则引导自述、有效监督验证，从而展现了非虚构的精彩。

无论初写还是经验丰富，都有因无法非虚构呈现而对作品局部或完全放弃甚或搁置以待补充的风险。不单有获取材料的困难，写作的伦理也决定了已获取材料的公开使用也不全由作者做主，在作品精彩程度和受访者意愿的矛盾处理中，非虚构写作者往往要服从于后者。但是，在写作者的百般努力及一些幸运因素下，终有一些写作克服了阻碍，抵达了“非虚构”的目的地，“将生命某一种形式，某一种状态凝固下来，形成生命另外一种存在和延续”[1]，将留充裕的时间给读者去发现、吸收和理解。

非虚构是能够抵达的。在中国大陆十多年来“非虚构写作”的逐渐流行中，有着对求真务实社会氛围的期待，有着开拓多元认知、建设美好生活的美好愿望。与“虚构写作”一样，“非虚构写作”值得被给予耐心观察，需要更进一步的研讨与互动。

（发表于《扬子江文学评论》）

[1] 沈从文：《抽象的抒情》，《沈从文全集》第16卷，太原：北岳文艺出版社，2009年，第二版，第527页。

第三辑

沈从文小传

一、凤凰沈家

1902年12月28日，即清光绪二十八年农历十一月二十九日，在现今为湖南省境内一个清波环绕、山脉连绵的偏远小城里，沈岳焕出生了。这个地方旧称镇筸，今为凤凰县。沱江穿城而过，男孩沈岳焕在这里长大，后改名从文。后来的这个名字，在之后的岁月中为许多人熟悉，至今仍然使许多人感到亲切。

镇筸，地处湘西，近贵州。这个在中央集权力量干预下逐渐形成的清代屯戍重镇，至民国仍然保留着绿营兵设制度。几百年中血染此地的暴政和反抗，到沈从文长大后基本归于平静，虽然汉族与苗等少数民族混居于此，但是身份地位上，汉族在过去占有很大优势。然无论汉苗，当地人皆尚武，年轻人的主要出路是当兵，以成为将军为家族荣耀，沈从文家也是如此。

沈从文的祖父沈宏富是汉人，曾参加曾国藩统领的湘军部队，官至云南昭通镇守史和贵州提督，为沈家留下家产和地位，妻子亦是汉人。未及有子嗣，沈宏富便去世了，只好由妻子做主，从弟弟沈宏芳处过继来一个男孩——沈从文的父亲沈宗嗣。沈宗嗣的生母本是个苗族姑娘，身份低微，当了二房生完两子后又被远嫁。于是，沈宗嗣的苗族血统被悄悄隐瞒，沈从文也是直到二十岁才得知自己身上的苗族血统。众所周知，沈从文的文学作品中有不少苗族故事，与读者熟悉的世界往往差异较大，引起读者的感叹。沈从文本人对于苗族的格外兴趣，或多或少与他的家庭所在地以及他自己的血统有着一些关系。

作为沈宏富的继子，沈从文的父亲沈宗嗣身上被寄予了传宗接代和光耀沈家的两大期待。光耀沈家的方法，自然还是在做将军上。旧时八国联军入侵，天津大沽失守时，沈宗嗣是天津总兵罗荣光的一员裨将。然而义和团运动期间他随身携带的一大半沈家家财散失，也迫使他回家中去。此时，男丁方面，已有两岁的长子。又过了两年多，沈宏富的妻子去世时，新添的男婴已过百天——正是沈从文。沈宗嗣在家乡持续参与地方势力更迭，成为当地要人，却竞选省议会代表失败，出走北京。在北京谋划刺杀袁世凯，事情败露，沈宗嗣又逃至热河等地，多年关外生活后才回湘西，终在沈从文28岁这年病死家乡。两年后，沈从文在自传中感念父亲赐予生命，并给予自己骄傲与勇气。这个父亲给予了沈从文生命，曾在沈从文身上短暂寄托希望，也曾给家中长幼带来很多不安。相较父亲，母亲给了沈从文更多陪伴、引导和更为持久的爱的表达。

沈从文的外祖父黄河清是当地最早的贡生，在文庙和书院工作。这户人家思想开放、与时俱进，曾办起当地第一所照相馆和第一所邮政局，沈从文的舅舅黄镜铭后来去了北京帮民国第一任总理熊希龄打理房产。受家庭影响，沈从文的母亲黄英读书和见识上都不输当地从武的男子。沈从文认为是母亲担负起了小孩们的教育工作，自己作为男子极不可缺的思考与决断能力，也是从母亲那里学会的。对如今的读者而言，更为熟悉的是画家黄永玉。沈从文与黄永玉是叔侄关系，黄永玉的父母在当地开了自由恋爱结婚的头。总而言之，黄家几代人都乐于打破传统，接受新事物。这使得子女耳濡目染。

沈从文在沈家男孩中排行第二，因此称“二哥”，长大成人的兄弟姐妹各一位，分别是大哥沈云麓（即沈岳霖）、大姐沈岳锟（即沈岳鑫）、六弟沈荃（即沈岳荃）和九妹沈岳萌。沈家长子云麓，大从文4岁，上过美术学校，18岁只身赴关外寻父多年，同时以为人画像谋生。他视力很差、身体不好却见识不凡，一生中无子女、产业，却为当地文化事业的保护发展和青年才俊的扶持培养做出了很大贡献，是家乡的知名人士。他与沈从文长期保持着书信联系，是沈从文心理上和家乡后方的重要支柱。大姐沈岳锟，嫁与熊希龄的外甥田真逸，是小学教员，有子嗣。大姐在沈从文年少时的关怀，令沈从文几十年后想起仍感到十分温暖，1957年时将新版旧作选集寄予她表达感激。六弟沈荃曾是抗日军官，多次在对日激战中负伤，勇猛善战但不打内战，促进了凤凰的和平解放。1951年底，他在初期“镇压反革命”运动中被错杀，1983年获平反。遗孤沈朝慧由两位伯伯照顾，在波折中长大。九妹沈岳萌出生于沈宗嗣出走前两年，比沈从文小10岁，多年在沈从文的文人生活圈子受庇护，其可爱的少女形象也常常出现在沈从文笔下。可是，20世纪40年代九妹终因性格原因和现实刺激而精神失常，从昆明被送回家乡，后来死于饥荒。六弟和九妹，成为沈从文心中不能提及的隐痛。

二、从顽童到小兵

沈从文自小聪慧过人，他曾是全家人疼爱的对象，被父亲寄予厚望。6岁时，因出疹子持续高热，家里已为他备好小小的棺材，但他终是康复了。他开始读私塾，又先后进入城内和城外的小学读书。这是一个顽童。学校的功课未能引起沈从文的兴趣，他格外亲近大千世界。他去山间玩耍，去水中嬉戏，看豆绿色的河水倒映美丽的吊脚楼，听“鬼桂红，鬼桂红”的杜鹃声离碾坊远去。他对店铺和集市里的织竹簟、磨针、打铁、杀牛均有兴趣，尚没有真正死亡意识之时，对河边处决了的犯人的头颅和衙门前割下的血淋淋的人耳也感到好奇。逃学、撒谎、赌博……受到狠狠的体罚却屡教不改，家中人渐渐对这孩子的前途失了望，可自然与新鲜人事就在这期间给予他丰厚的营养。

1916年，代替父亲管束他的大哥已出门寻父去了，母亲同意沈从文到地方新开的军事技术班去受训。家人对八个月训练的结果感到满意。次年，二女儿的死亡和家境的日益衰落，使母亲终于下定决心，让沈从文随亲戚去当补充兵，驻防辰州。据沈从文回忆，那是农历七月十五中元节，他泡在水中玩，回去只见母亲对他哭。第二天，细雨绵绵中，背着母亲准备的齐全而沉重的行李，这个15岁的小小人儿茫然地被推进新鲜而残酷的世界，既好奇又害怕。

湘西水系四通八达，行船是普遍的交通方式。1917年当兵至1923年离开湘西以前，沈从文的行踪基本在沅江及其支流酉水、辰水一带。

从高村乘船到辰州，沈从文被编入张学济管辖下的靖国联军第二军游击第一支队。随后，部队赴芷江“清乡”四个月，再移防到怀化，沈从文因能做写字工作被任命为司书，兼自愿为大家焖狗肉吃。过了约一年时间，部队在本身问题和第一军压力下回到辰州，又开过川东就食，在当地“神兵”突袭中几乎全军覆没。当时沈从文因年纪较小，被派留守辰州，侥幸逃过一劫，被遣散回家。两年间，杀戮的恐怖、制度的腐败、人生的愚昧在他心里生出否定来；自然界的河溪草木、街市的日常生活与偶见人性的温暖光明处，一同慰藉了他。在一名文姓秘书官影响下，沈从文始对文化产生兴趣。

只三个月，沈从文为谋生再次离家。冰天雪地中，他用生棕衣包住脚，跟着亲戚的轿子走了四天到达芷江，他投靠舅舅黄巨川，在其任警察局长后成为局中一名抄条子的小小办事员。舅舅和姨夫熊捷三吟唱往来，沈从文也学起旧体诗来。母亲因卖掉了家乡老屋只好来和沈从文同住，剩下的钱交由沈从文保管。舅舅忽然病死，沈从文做了税收员，成天想着用作诗的本领去讨女孩的欢心，手中母亲的钱便被一对兄妹骗走了。内心羞愧和情感受伤使沈从文无法面对母亲，悄悄离开。在沈从文出走到常德时，他遇到表兄黄玉书，便停留下来。在这里，沈从文见证和帮助了黄玉书和杨光惠的爱情——这二人后来做了夫妻，生了当代画家黄永玉。

当时，和这个沉浸于甜蜜爱情的表兄同住客栈中，眼见着似乎除抢劫和自杀以外别无出路，沈从文越发不能忍受。四个月后，他和表弟聂清随同乡曾芹轩坐船，四十天中化险为夷，又过辰州，终抵保靖。沈从文投宿到另一个表弟处，开始“打流”的生活。半年后，他终于在陈渠珍的部队中谋得司书一职，更加勤快地练习自己的吃饭本领——书法。又随张云龙军队移防四川龙潭，途经的茶峒后来被沈从文用作小说《边城》的故事发生地，军队生涯中遇到的趣人险事，也被沈从文写到之后的作品中。

回保靖后，沈从文终于达成心愿，在自己仰慕的统领官陈渠珍身边做起书记，并在协助整理陈渠珍的治学收藏时，从古籍、字画中逐渐领略到历史的光辉，却愈发寂寞，模模糊糊期盼一份事业。半年后，沈从文被借调到陈渠珍所办报馆做校对工作，接触到新文化。调回部队后，他大病四十天险些丢了性命，又因擅长游水的好友淹死去收尸而受到触动，认真思考人生，当年决定过北京读书，得到统领官陈渠珍的支持。

这是1923年，离家六年，沈从文21岁。

三、职业作家

初来乍到，现实的教育就开始了。这个乡下年轻人提着一卷行李，坐上货运板车，由车夫送进北京西河沿一家偏贵的小旅馆。他探望大姐一家，才发现和自己"寻找理想，读点书"的打算相反，姐夫田真逸大学毕业后找不着工作，正准备举家先回湘西去。[1] 在农业大学读书的表弟黄村生带沈从文投宿到当年沈宗嗣住过的酉西会馆，经济，看书和闲逛也便利。沈从文结识了一帮农大青年，次年搬到北大附近的庆华公寓居住，很快与同在北大旁听的陈翔鹤等年轻人熟悉起来，又在姐夫帮助下结交了张采真等燕京大学学生。

可是，现实的打击仍在继续。沈从文是要来读书的，但考上大学的希望过于渺茫，陈渠珍的资助也出现问题，沈从文衣

[1] 沈从文:《沈从文全集》第13卷，太原：北岳文艺出版社，2009年，第二版，第374页。

袋中的铜元已“不能再因相撞而发响”[1]。饿着肚皮不停投稿，一再碰壁，也没有女子垂青，他自觉如“一粒灰尘”[2]；住处透着风，且避不开房东的热讽；冷夜里委屈而羞辱，蜷在暗处淌泪——这就是郁达夫大雪中赶到“窄而霉小斋”看到的诉苦青年。1924年底，沈从文开始发表作品，此后多种文体陆续发表在《晨报副刊》上。

1925年5月，因文章误会，沈从文向北大教授林宰平解释身份和表明心志，后者推荐他去了熊希龄香山慈幼院任图书管理员。[3] 在这里，沈从文发表了讽刺慈幼院人事的《用A字记下的事》和《棉鞋》，拜访了喜爱的作家徐志摩，还结识了胡也频和丁玲这对也在写作的恋人。爱才的徐志摩向沈约稿并公开作“多余的”赞美。[4] 第二年，沈从文辞去工作专事写作。他也在新月社和《现代评论》的朋友间受到耳濡目染。

沈从文才华初露便产量极高。据《沈从文年谱》统计，1925至1928四年间沈从文分别发表作品60余篇、70余篇、近40篇和40余篇。1926年即由北新书局出了第一部多文体合集《鸭子》；1927年由新月书店出了第一本短篇小说集《蜜柑》；1928

---

[1] 沈从文:《沈从文全集》第1卷，第355页。

[2] 沈从文:《沈从文全集》第13卷，第5页。

[3] 林宰平（署名唯刚）错将《遥夜》作者当成一个无病呻吟的大学生加以批评，沈从文为此写《致唯刚先生》一文。此后，林宰平约见他，从此师生相待。

[4] 沈从文:《沈从文全集》第11卷，第49页。

年，不仅有得意短篇《柏子》出现，还有长篇小说《旧梦》和长篇童话《阿丽思中国游记》连载，后者当年便出版，此外还有十余种单行本、小说集问世。

出产作品数量之多，不仅因其才华横溢、经历特别，还因职业作家生计上的压力。1927年夏天，母亲和九妹也到达北京和沈从文共同生活。因出版社南迁，沈从文转往上海，不久将二人接去，次年夏又陪母亲返京看病。穷困之中流着鼻血拼命写作，但因书店常常拖欠稿费，沈从文的经济状况仍然堪忧，到了母亲病中一起挨饿的地步。

沈从文生自己的气，描写哀怨与挣扎的《不死日记》发表在《红与黑》上——由胡也频主编、丁玲和沈从文实际参与的《中央日报》新副刊，到1928年年底停刊。第二年，他们三人办起红黑出版社来，开始出自己的《红黑》月刊，同时为人间书店编《人间》月刊。“红黑”是湖南湘西土话，“例如‘红黑要吃饭的！’……是‘横直’意思，‘左右’意思，‘无论怎样都得’意思。”[1] 以“红黑”为名，符合他们的切身感受，其中有三人的文学态度，也显现了他们当时巨大的经济压力。不迎合时代趣味，不屑做商业竞卖，自己既出作品也约稿，沈从文自认为这是“最勤快的工作的年份”。[2] 不过，出版社到底还是因资金问题破产了，因此《红黑》只出到第8期。

---

[1] 编者:《释名》,《红黑》1929年第一期。

[2] 沈从文:《沈从文全集》第13卷，第30页。

四、大学教师

经徐志摩推荐，1929年9月起，沈从文到胡适任校长的吴淞中国公学教书，讲授“新文学研究”“小说习作”和“中国小说史”并编写教材，一面继续创作。与教学相关，沈从文开始颇有见地地品评新文学作家创作，第二年发表《论冯文炳》《论郭沫若》等一批评论文章。成熟的湘西题材短篇小说《萧萧》《丈夫》也在这期间出现了。除了继续有新的文学作品集面世，他还出版了教材《中国小说史讲义》。他将一切在信中讲与一见如故而很快赴美的新朋友王际真听。

教学之余，沈从文对本校外语系二年级女生张兆和生出爱慕之心。认可作品易，勉强心意难，女生拿情书找到胡校长评理。母亲已接回乡，九妹入了学，这个可怜人想“重新来做人”。[1]教满两学期，带着被爱情折磨得快要发疯的心，又经徐志摩帮助，他转到武汉大学陈西滢任院长的文学院，讲授新文学。此时武大的政治、人事与自然环境，实不容乐观。

1931年以死亡的消息开始。年初，沈从文得知父亲已于先一年年底病逝，好友张采真已被国民党杀害，伙伴满振先死于家乡战乱。紧接着胡也频被捕，沈从文三次从上海去南京求助，

---

[1] 沈从文:《沈从文全集》第18卷，第74页。

未果。胡也频死时，身上还穿着沈从文的长袍。之后，沈从文千里护送丁玲母子回老家，返回时错过武大的开学日期。

沈从文索性放弃教职，留在上海写作。他受邀写了胡也频的传记《诗人和小说家》(后改为《记胡也频》)，在《时报》连载，用长文《论中国创作小说》回顾了新文学以来的发展，对出现的社团和作家进行梳理，以发现文学上的可能与必然。此时，沈从文也梳理着自己创作上的可能性，在《甲辰闲话一》中，他列下30至50岁二十年中的写作计划。

失去武大的教职，他又在徐志摩介绍下去了杨振声为校长的青岛大学开小说史和作文课，九妹也随去青岛大学读书。这座海滨城市气候适宜，沈从文的学习情绪也格外高涨。11月13日，沈从文给徐志摩写信，计划按徐志摩等人的鼓励，“写苗公苗婆恋爱、流泪、唱歌、杀人的故事”[1]。1931年这一整年中，沈从文发表《虎雏》《黔小景》等作品40余篇，出版《沈从文子集》《石子船》《龙珠》等文集。如信中所言，他正有意识地挖掘着湘西经验。然而，11月19日，徐志摩突因飞机失事而亡，这一消息在四天后由一急电传到青岛，沈从文连夜赶赴济南。这一年，是在死亡的伤痛和后事的打理中告终的。

对海独坐，梳理心绪，乌云渐渐散去，沈从文更从海的脉搏中觉出人生短暂。1932年，沈从文又发表作品近40篇，并继

---

[1] 沈从文:《沈从文全集》第18卷，第150页。

续有《虎雏》等多部作品集出版，暑假中只用三周时间便完成了邵洵美约稿的《从文自传》，也在内心完成了对自己的确立[1]。这年，沈从文三十岁。

1933年初，沈从文与张兆和订婚。2月，《月下小景》发表了，这是前一年写完自传后去苏州看望已毕业的张兆和及其家人时，答应为张兆和五弟写的故事之一。张兆和来到青大图书馆工作，二人在崂山北九水游玩时，沈从文又许诺将所见写成故事，即后来的《边城》。这年，又一位好友遭遇不测——做左翼文艺工作的丁玲被国民党特务秘密逮捕。沈从文一面请求胡适等人帮助，一面发表《丁玲女士被捕》《丁玲女士失踪》以求舆论关注。不顾为此受到中伤，在传闻丁玲遇害之后，他又写了小说《三个女性》，并开始边写边连载传记《记丁玲女士》。

五、不止编辑

1933年8月，沈从文从更名为山东大学的青岛大学辞去教职，接受原校长杨振声的邀请，回北京参与中小学教科书的编写，并一起主持起《大公报》新辟的《文艺副刊》，共事的还有朱自清等人。9月完婚，《边城》在创作中，一面交替着继续写完连载的《记丁玲女士》。秋天时，前一年认识的友人巴金来新

---

[1] 张新颖：《沈从文九讲》，北京：中华书局，2015年，第80—82页。

婚家中做客两个月。这年，《阿黑小史》《凤子》《月下小景》等作品集出版了。因为编副刊，文人、学者间密集地交流聚会。他比以往更加注意对年轻作者的扶持培养，并一如既往地重视文坛的健康状况，发表了《文学者的态度》一文，引发了“京派”与“海派”文学之争。

1934年，百感交集。年初，《边城》在创作和连载中，沈从文也在新婚的甜蜜之中，母亲病重，他独自回湘西探望，路上用了近一个月。小船在熟悉的沅水中走着，他把水上的见闻和思念记在信中一点点告诉妻子，写得很是柔软。[1]以这几十封家书为基础写成的散文后在1936年结集为《湘行散记》，翠色逼人。这一年，早先的文学评论收入《沫沫集》，代表作《从文自传》《边城》出版并受到好评。母亲很快病逝，儿子沈龙朱降生，沈从文的身份发生了变化。

1935年，沈从文发表评论《论读经》《尽责》、小说《新与旧》，作品中对国家建设和政治时局的忧心较往年更为直白。在青岛写作的讽刺小说《八骏图》这年发表，又出版同名短篇小说集，给沈从文带来误解。1936年5月，上海良友图书公司出版《从文小说习作选》，序中沈从文回顾了十年来的写作状态，回应了对自己文学的批评，重申了文学方面的态度——要造供奉“人性”的希腊小庙，而不想“在沙基或水面上建造崇楼高

[1] 这些家书在沈从文生前未公开发表，后经整理以“湘行书简”为名结集。

阁”。[1]在序的最后一段中，他感谢了徐志摩、胡适、林宰平、郁达夫、陈通伯和杨振声，并表示应从人类的历史来看待自己的工作。1936年，沈从文在《作家间需要一种新运动》中主张来一场文学上的“反差不多运动”，针对“国防文学”这一口号的争论，又发表《文坛的“团结”与“联合”》。1937年，《文学杂志》创刊，由朱光潜主编、沈从文与杨振声、俞平伯、朱自清、周作人、林徽因任编委。但由于抗日战争全面爆发，只四期便停刊，十年后才复刊。这年，他编辑生涯的往来书信等结集为《废邮存底》出版。

8月接教育部秘密通知，沈从文随北大、清华教师撤离北京。辗转到达武汉后，他与杨振声、萧乾等人利用武汉大学图书馆的资料继续编教科书，直到12月武大停办。沈从文热心于抗战工作。教材编写组决定向后方转移，他把办事处的人安置到湘西老家大哥沈云麓的新家“芸庐”居住了三个月。期间，沈从文还通过大哥在沅陵接待、帮助向后方转移的人士，并在“芸庐”招待朋友们。沈从文在长沙见了曾经的统领官、当时已是水利委员的陈渠珍，还将“同乡文武大老”们请到沅陵家中来，希望他们支持抗战。[2]六弟沈荃从惨烈的淞沪抗战的前线回来养伤，沈从文请他在临走前为文教界朋友讲解战事。

1938年4月底，沈从文才经贵阳艰难到达昆明，与杨振声、

---

[1] 沈从文:《沈从文全集》第9卷，第2页。

[2] 沈从文:《沈从文全集》第16卷，第392页。

萧乾等平安会合，继续国文教科书的编辑工作。先一年，因次子虎雏出生不久，张兆和等滞留北平。北平沦陷，妻子撑起这个只有女人和孩子的家，迟迟未能出发。他在信中亲吻妻孩，也写了多封信催促启程，不安、牢骚乃至猜疑。1938年11月，妻子带着两个孩子和九妹，经上海、香港，又经越南，终于到达昆明。

后撤西南过程中，对湘西的新认识和长久以来的思考催生了《湘西》和《长河》的写作，沈从文还发表了《怎样从抗战中训练自己》等文章，希望重振家乡精神，安定团结来抗战——这是他此时未应邀去延安的原因之一。这一年，日本东京改造社出版了松枝茂夫翻译的日文版小说集《边城》，是沈从文作品的外文译本初次在海外出版。此后，虽然国内战争和运动不停，沈从文的作品不断在日、英、美、瑞典等国家被翻译、收录、出版。

六、内外困境

1939年，在中国的西南部，《今日评论》周刊创刊了，沈从文主编文艺部分，在此推出一批文学新人。《一般或特殊》中，他不愿将文学创作等同于“宣传”，并认为此时沉默埋头于历史和科学中，当与上前线打仗一样被尊重——这样的观点被归入“与抗战无关论”。他还推荐西南联大学生程应镠为《中央日报·平明》的编辑，亲自撰稿并为青年作家改稿和推荐发表。事情忙碌而琐碎。国文教科书的编辑工作基本结束，他被西南联大聘请，继续教授新文学和写作，入门弟子中就有汪曾祺。

1940年，在陈铨等人主持的《战国策》任编委——之后沈从文因此被归入“战国策派”。他发表了《文运的重建》等文章，指出二十年来商业和政治对文运的伤害，痛心于曾经作家的天真和勇敢被油滑与狡诈代替。此外，沈从文还对妇女运动发表见解，对抗战期间发“国难财”的现象加以指责。而他飘忽的思绪、跳跃的思维，体现在散文中。昆明乡下的自然环境让沈从文觉得亲切而与世隔离。他在自然中发现美，发现永恒，感受生命，也体会自我，缩小自我去更深地了解宇宙万物，又由这更深的了解而获得自我的扩充。1941年上海文化生活出版社出版的《烛虚》收集了这段时间的两类文章。此外，抗战期间，沈从文还借古论今，犀利地指出社会上的问题。

一面在现实的困境中挣扎，一面在疑惑中走向美的抽象，虽然1944年他焚毁了自己的日记，但这一状态在作品上依然有明显反映。《长河》和《芸庐纪事》在政治审查上均遇到困难，《看虹录》《摘星录》被指责为色情文学，《水云》被金介甫认为是沈从文的“心理自传”。1943年末《绿·黑·灰》(后改为《绿魇》)开始连载。“魇”是噩梦中惊叫的意思，从这时到1946年，沈从文共有六篇“魇”，自析是写身边琐事却关切着未来。1943年发表在重庆《大公报·战线》的《〈长河〉题记》中，沈从文这样写："横在我们面前许多事都使人痛苦，可是却不用悲观。骤然而来的风雨，说不定会把许多人的高尚理想，卷扫摧残，弄得无踪无迹。然而一个人对于人类前途的热忱，和工作的虔敬态度，是应当永远存在，且必然能给后来者以极大鼓励的！"[1]这年，桂林开明书店开始出经沈从文修订过的作品集。

这些年中，先是张兆和携次子住到滇池附近的呈贡以躲避敌机频繁轰炸，后一家人和朋友们都搬来居住。风景优美而生活艰苦，孩子们野如小猴，沈从文把湘西讲与他们听。沈从文曾有在昆明贩售雨伞和家乡的手工艺品，以帮助乡村工业发展、增强抗战力量的想法。为筹集学生特别救济金，他写条幅义卖。张兆和到育侨中学等校教过英文。沈从文对西南漆器有了持续兴趣。1941年，九妹岳萌在西南联大图书馆任职期间受到刺激，精神逐渐失常并持续恶化，1945年不得已请人护送回乡，由大哥照料。

1945年抗战胜利。1946年7月西南联大停办，全家从昆明飞上海，至苏州。因北大续聘沈从文为文学院教授，8月，他一人先飞往北京。1947年新年后，张兆和携二子与之团圆。

七、思考者的"隐遁"

抗日战争终于结束，国家和个人层面损失巨大，抗战后期

---

[1] 沈从文:《沈从文全集》第10卷，第9页。

的不良风气还在社会上蔓延，内战更不利于国家的恢复，种种使他“痛在心上”。[1]

1946年,《新烛虚》(后改名为“北平的印象和感想”)中，沈从文表达了对发动内战者的厌恶。他沿用借古论今的方法表现当下社会的滑稽。此外,1946年10月10日，上海和天津的《大公报》上都刊载了他的《谈苦闷——聂清遗文引言》。文中感慨这些年中付出万千生命、理想、财富和岁月的代价，认为幸存者应当化苦闷和伤痛为力量，重造国家。天津《益世报·文学周刊》的《编者言》中，沈从文希望编者读者都能够沉默思索，而不是活跃于热闹之中，希望文学的力量能够起消毒、免疫的作用——不至于被政治简单催眠，“却明白一个国家真正的进步，实奠基于吃政治饭的越来越少，而知识和理性的完全抬头”。[2]

这样的态度使得沈从文面临更多的外界压力。1946年11月刊发的《从现实学习》，是对民盟等外界舆论指责他脱离现实、追求抽象的回应，文中他回顾了二十多年来自己与现实的关系，指出这些年来社会环境的恶劣，直言“国家既落在被一群富有童心的伟大玩火情形中，大烧小烧都在人意料中”，作家可贵之处是“取同一沉默谦逊态度，从事工作，而又能将这个忠于求

---

[1] 沈从文:《沈从文全集》第18卷，第480页。

[2] 沈从文:《沈从文全集》第16卷，第450页。

知敬重知识的观念特别阐扬”。[1]这回应无疑使沈从文在当时遭受左翼作家的更多攻击，上海《侨声报》等发表诋毁沈从文的文章。

“我工作也成为一种无益之业了。国家不好，人孤立，……形成一种隐遁状态。……事到末后，寂寞死去。”[2]但他仍坚持自己的态度，反对文学成为热闹政治的附庸。他以纪念“五四”和“北平通信”的文章方式继续表达从文学上恢复人的信仰、抵制不正之风以重造国家的期待，对国家建设提出大胆设想、建议。1947年10月他发表《一种新希望》，提出的三种新的发展中“政治上第三方面的尝试”，被左翼邵荃麟等人理解为鼓吹“中间路线”，受激烈批判。1948年1月发表的《芷江县的熊公馆》也被左翼冯乃超等人理解为“新第三方面运动”的反动文艺。3月香港生活书店出版的《大众文艺丛刊》同时刊出郭沫若《斥反动文艺》等三篇左翼作家的文章，猛烈批判沈从文等自由主义作家。在《斥反动文艺》中，沈从文被作为“桃红色”作家的典型代表，被批评“写文字上的春宫”“高唱着‘与抗战无关’论”，有“进行其和革命‘游离’的新第三方面”的企图。与沈从文交往密切的朱光潜则被作为国民党作家的“蓝色”代表。郭沫若动员大家与这些“敌对阵营”的人“绝缘”。

1948年暑假，应杨振声之邀，沈从文等人在颐和园霁清

[1] 沈从文:《沈从文全集》第13卷，第390、396页。

[2] 沈从文:《沈从文全集》第18卷，第451页。

轩消暑。这将他从舆论中暂时解脱出来。从《霁清轩杂记》可知，清雅环境舒缓了沈从文的情绪，童真的孩子和风雅的朋友使生活简单，自然中的山水、鸟鸣又带给他静默与启迪。但他不能“魏晋下去”，思绪还是会往中国的前途去。[1] 9月《“中国往何处去”》一文发表，沈从文认为由于为下一代准备的是“集权”，明天也和今日一样没有了希望。沈从文心情沉重，时代巨变中，他不能够由“思”转“信”，他认为政治不应该对文学进行完全的“红绿灯”控制。他也感到自己在此处的不适宜，和大哥信中表示想回老家住住。12月，校改1928年的《阿丽思中国游记》时，他再次感到自己的文章对当下意义全无。

文学创作渐疏，文物研究却渐密。1947年初，沈从文悉心为人做艺术史论方面的指导，年中写了考据文章《读春游图有感》(后改名《读展子虔〈游春图〉》)。关注文物不仅是个人兴趣使然，1948年，他认为和平尚需要时间，个人可以努力做文物保卫工作，并提出四点当前能力范围内可做的事。实际上他已开始去做，这年北大博物馆新建，他将自己在云南收藏的文物、资料捐借给博物馆，讲授“陶瓷史”课程，并开始写《中国陶瓷史》和《漆工艺问题》。他指出必须这样做的理由——为下一代做点事。他相信这是一种情感教育，“直接影响到艺术，决不下于文学革命。间接影响到社会，由于爱，广泛浸润于政

[1] 沈从文:《沈从文全集》第18卷，第508页。

治哲学或实际生活，民族命运亦必转入一种新机……”[1]

八、“一种新生”

1949年1月，郭沫若《斥反动文艺》一文被重新以大字报形式转抄在北大校园里，教学楼出现了“打倒新月派、现代评论派、第三条路线的沈从文”的标语，沈从文感到政治清算就要来了。此时，内在探寻的神经也疲乏至极。身边的妻子、朋友都无法理解他的痛苦，想帮助他。但他处于极度的隔绝中，无法改变自己去适应时代，也就无法从适应时代者处获得外界救援。

2月，沈从文在重造自己，但“能挣扎到什么时候，神经不崩毁，只有天知道！”。[2]从《一个人的自白》和《一点记录——给几个熟人》来看，这挣扎极顽强、极勇敢、极认真也极疲惫。一次次搜寻、梳理自我，希望在回顾中获得解决的方法和继续工作的力量，可是，对照朋友们的情形，他始终是孤立在时代之外的那一个，如孤零零的星子，“四周广漠而无边”，如塔，“即已圮坍”而无人能识会。[3]他似乎完成了能够做的工作，只剩下标本意义。写于3月6日的《关于西南漆器及其他一章自传——

[1] 沈从文:《沈从文全集》第31卷，第304页。

[2] 沈从文:《沈从文全集》第19卷，第16页。

[3] 沈从文:《一点记录——给几个熟人》,《新文学史料》2014年第4期。

一点幻想的发展》是从容的，末页后注："解放前最后一个文件"，预示着一个终结。[1] 3月28日，沈从文用剃刀自杀，并喝了一些煤油。幸而发现及时，被救了过来，并被送入精神病院。

4月6日沈从文的四页日记，以"七时""八时""十时""十一点过"分成四块，可见思想的挣扎还未结束。他感受到自己游离于世界之常。在自己和社会的关系上，他因想到万千人为新国家牺牲死亡，而觉得不能参与新国家建设很是可惜。为此，他想结束个人问题上的缠绕，去除个人的特殊性，"终于明澈单一，得回一种新生"。[2] 可该如何去做？"希望"既暂时无可寄托，就先"等待"吧。随之，《五月卅下十点北平宿舍》中，是又一次混乱和梳理。7月给多年前在青岛时雪夜畅谈的刘子衡写信，认为与群游离必然毁废，他关心自己是否还可以重造——这是在问老友，更是在自问中挖掘可能。8月，经另一老友郑振铎介绍，沈从文自北大转历史博物馆，做一些文物清点登记工作，并在北大和辅仁大学兼课。《中国陶瓷史》和《中国漆器工艺》在病中写完。

这只船终于还是努力调转了船头。9月致信丁玲，向这位共产党代表表明为下一代人重造自己的态度。他要为社会发展而在美术方面贡献力量，唯一请求即革命不拆散他的家庭——5月时，张兆和已被安排去华北大学学习。吃力掉头时，音乐给

---

[1] 沈从文：《沈从文全集》第27卷，第37页。

[2] 沈从文：《沈从文全集》第19卷，第27页。

了沈从文帮助，9月中旬，诗作《生命的重铸》(后改名《从悲多汶乐曲所得》）透露了因爱接受一切、重新开始的意愿。不但自己这样做，沈从文还写信劝身在香港的表侄黄永玉回来奉献。11月，沈从文觉得应该努力学习“忘我”，冬天，他开始中国玉工艺领域的研究。

1950年，经组织决定，沈从文进入华北大学进行政治学习。在去之前，沈从文写了政治规定的自传文件，12月毕业又写毕业总结文件。学习期间，引起沈从文注意的是树枝间的鸦雀，引发他感动的是天上的孤星——皆在很早时起身散步所见。他为这里无益于国家的空谈学习方式和训话教育方式而操心，甚至将这一看法写在了思想总结里。在革命大学，沈从文意识到，自己“反报之以爱”的特点与《旧约》和《史记》中转化爱的思想是相通的，愿意“积极忘我”。他有了再写小说的想法，也为国家具体方面的建设操心。

1951年，沈从文回到历史博物馆中做起讲解员，他在为普通人的讲解中获得满足。他在信中勉励大哥为下一代人工作，“个人不足念”。[1]《凡事从理解和爱出发》中，他再次说到自己是为年轻人活下来的。

这几年，沈从文写下不少政治感想。

---

[1] 沈从文:《沈从文全集》第19卷，第102页。

九、“只是想多作事”

1951年10月25日，沈从文主动离京赴四川参加土改，他希望自己能够在群中学习。11月，修改完的检讨《我的学习》在《光明日报》上刊登。12月在四川内江，他感受到历史的行进。相对于人事的动，自然却十分沉静，他不免思考起“有情”与“事功”的关系。他还想恢复用笔，次年1月，在革命大学起意的《老同志》已写到七稿。

1952年3月，沈从文回到北京，被抽调参加“五反”运动清点古董铺问题时，看了许多文物，意识到文物文化史研究应当从文物制度上来做。因参加土改错过了“三反”，沈从文去辅仁大学兼课时做了思想检查。院系调整，沈从文决定不再专职教书，而在历史博物馆工作。沈从文收购文物不以名家而以历史和艺术价值为标准，时常自己出钱买下不符合馆中需要的文物。工资还需支付房租，捉襟见肘之时，沈从文甚至写信给丁玲借钱。这年他注完清代寂园叟的《陶雅》，又被聘为“建国瓷艺术设计委员会”的顾问。在香港，《边城》被拍成了电影《翠翠》。

1953年沈从文进入历史博物馆新成立的出版组，工作繁重。新安排的宿舍不大，位置极差，与茅坑为邻。张兆和因病需卧床，次年才转好任《人民文学》编辑。接曾计划给他出30

个集子的开明书店通知，因作品过时均奉命销毁。沈从文受到打击，一番思考后，他拒绝了时任中共中央宣传部副部长胡乔木对他重新做专业作家的期待，还是留在历史博物馆从事研究和讲解工作。后来主持修复全国首件出土金缕玉衣的著名考古学家王㐨，便是这年7月初次听他讲解，之后在他指导下从事文物研究的。除此以外，沈从文还在中央美院兼课讲授“中国染织美术史”等课程，提供参考图文，出差向沪宁同行学习。1953年10月，沈从文认为：“国家事事需人，……私人小小挫折自然就不在意了。”[1]《沈从文年表简编》中认为这时的沈从文视野上已从工艺历史的单一关注转向相互关系的拓展，“为将研究视野进一步扩展到服饰、制度，及物质文化史的广阔领域，已实现重要的跨越。”[2]这年，沈从文发表了《中国织金锦缎的历史发展》等论文、主编了一些图书，提出许多别人未研究过的新问题，包括对“金缕玉衣”的推断，在1968年得到证实。

1954年，沈从文继续发表文物研究的论文，主编相关图书，到年末也有些怨言——工作琐碎沉闷，意义不被人注意，热心其中实在消耗自己。但他仍然为国家、为下一代人一刻不敢松懈，1955年，为《红楼梦》注释，配合编选《明锦》图录，以单位署名的图书也继续出版……沈从文在信中说“我们这里

[1] 沈从文：《沈从文全集》第19卷，第365页。

[2] 沈虎雏：《沈从文年表简编》，见《沈从文全集》附卷，第47—48页。

只是想多作事”。[1]

尽管时间和精力都没有能让沈从文像写《湘行散记》那样写出《川行散记》，又被现实否定着，但其用笔恢复写作能力的愿望一直没有停歇。1955年，在工作之余，沈从文以土改经历为素材写作小说《财主宋人瑞和他的儿子》。这年末，沈从文向中宣部副部长兼中国作协党组书记周扬间接表达了文学创作和工艺美术史研究的希望，有了去作协写作或在故宫织绣服饰馆做研究的选择。[2]第二年初，沈从文任第二届全国政协委员。这年沈从文既有文物研究成果，也发表了文学作品。杨振声于这年病逝，沈从文觉得身上背负着的从死去熟人那儿继承的责任更重了。

工作节奏很快。10月，沈从文开始去济南、南京、苏州、上海的博物馆参观学习，一路兼看地方的新奇热闹、新风旧俗，与感慨、回忆、点评及“瞎想”一并写在信中与张兆和分享，还见了老友巴金。[3]“没有人知道我是干什么的，我自己倒知道。”[4]热闹是外在的，这时他感受到自己生命里“谦逊”和“自信”一同生长，这为他安置自我和为国家、他人奉献提供了内在能量。11月，他又赴长沙参加政协活动，生病住院，病中评读《三里

---

[1] 沈从文:《沈从文全集》第19卷，第402页。

[2] 结合家属意见，沈从文最后接到的是调往故宫织绣馆主持工作的调令，但可能由于编写《中国历史图说》，沈从文并没有调往故宫而是在故宫兼职。

[3] 沈从文:《沈从文全集》第20卷，第20页。

[4] 同上，第19页。

湾》。又去吉首、回凤凰，照例是为怎样有益于国家和地方建设操心，也为一些变化和不足而惋惜。本年，在历史博物馆的“反浪费展览”中，沈从文收购的文物被作为浪费的典型。

十、“捞那小小的虾子”

1957年，响应“百花齐放，百家争鸣”的方针，人民出版社准备为沈从文出作品集。3月向中国作协提交本年创作计划。4月，沈从文又出发了，到南京、苏州、上海、杭州考察，为筹建丝绸博物馆做准备，一边写些文章和家书。在上海，又和巴金会面。住在上海大厦十楼，沈从文敏感于外白渡桥上的热闹和黄浦江面及艒艒船中的沉静，速写并配文。《沈从文的后半生：1948～1988》中认为图文中隐喻了个人与时代的关系：“不妨就把沈从文看作那个小小的艒艒船里的人，‘总而言之不醒’，醒来后也并不加入到‘一个群’的‘动’中去，只是自顾自地捞那小小的虾子。”[1]

8月，反右运动正激烈，沈从文因身体原因去青岛休养一个月，觉得恢复了精力，仿佛回到了30年代初。他写作起来，曾有一篇批评知识分子打扑克的小说给张兆和看，“小题大做”中透露出知识分子应当抓紧时间为国家建设做出贡献的想

---

[1] 张新颖：《沈从文的后半生：1948～1988》，桂林：广西师范大学出版社，2014年，第118—119页。

法。这年，他旧时的一些小说被编选为《沈从文小说选集》出版。文物工作方面也并不放松，与王家树合编的《中国丝绸图案》也出版了。沈从文对政治形势有所警觉，意料之外的是已与他划清了界限的长子沈龙朱，在反右运动中竟从领导小组成员迅速沦落到被划为“右派”分子。[1]

1958年沈从文推辞了周扬对他接任老舍担任北京市文联主席的希望。这一年“大跃进”开始，沈从文照常忙碌于文物工作，也写散文作品，在由文联安排的城郊休养时间中也没有闲着，写了散文《春游颐和园》《管木材场的几个青年》等，但束缚较多，笔力未恢复。还写了论文《龙凤图案的应用和发展》(后改为《龙凤艺术》)——两年后收入他的第一本物质文化史论文集《龙凤艺术》。沈从文参加了故宫和历史博物馆馆藏丝绣在杭州等地的联展，又参与设计了武汉的明清文物展，还编辑出版了《唐宋铜镜》，担任起中央工艺美术学院《装饰》杂志的编委。1959年，沈从文还在不被人理解的事业中以不被人理解的热情努力着，“个人觉得未免太渺小了！一定还得努一把力，来把工作作好”。[2]

1960年，沈从文首次以作家身份出席第三次中国文学艺术工作者代表大会。先一年，沈从文已将“反革命”亡弟沈荃的孤女沈朝慧从老家接到北京，当作自己的孩子抚养、教育。这

---

[1] 父子之间微妙地沉默着，在北京市委工作的刘祖春被沈从文请来开导儿子。沈龙朱的“右派”问题，到1979年才得以纠正。

[2] 沈从文:《沈从文全集》第20卷，第286—287页。

一年初，已给沈朝慧办好中学读书手续。沈从文开始写关于张兆和堂兄张鼎和烈士及其女儿的小说，为了写好这部作品，沈从文做了多年准备，仍然在抽空为搜集资料而奔走。这里除了对烈士的尊重、对国家的愿景，也有对自己文学生命的眷顾。此外，沈从文还准备开始服装史领域的研究，并为历史剧提供起服务和咨询。

沈从文明显感受到精力不足，高血压和心脏病成为他抓紧时间工作的障碍。1961年年初至2月中旬，他在医生建议下住院治疗，出院后协助编写工艺美术、陶瓷、漆工艺、染织纹样方面的院校教材。6月底，中国作协安排沈从文去青岛休养两个月，以便写作。在青岛，除继续文物方面工作外，沈从文写下了《抽象的抒情》《青岛游记》，对自己和国家的发展进行梳理。沈从文保持着学习的能力和热情，11月底随作家协会到江西参观访问，他写起了改造过的旧体诗。

1962年初，沈从文60岁，生日在睡眠极差的出差中度过，“一个人在房中过了六十大庆，吃了一个小小橘子”，回想起个人和社会的发展变迁，他觉得用来给下一代写回忆录，“将是一大部头好书”。[1] 5月4日这天，沈从文在给大哥信中回顾自己十年来“用五四精神闷干，苦干”，为下一代打基础，却被人忘记。[2] 7月，到大连休养一个月，沈从文感受到与当下人们生活

---

[1] 沈从文:《沈从文全集》第21卷，第143页。

[2] 同上，第198页。

的隔膜。不过，他并不消沉，反复叮嘱摘了“右派”帽子、正在做史学研究的程应镠：“不宜为任何个人小小挫折而放在心上”;“需要千百倍多人，能够十分踏实的、沉默无声的努力。”[1]沈从文如此鼓励自己，也勉励自己所认识的人，在缺乏理解和公平的情况下，为国家发展努力。

十一、“妄参末议”“愚不可及”

1963年，沈从文在政协安排下去广州等地做工艺美术品生产的考察。这年，他不甘于写作生命“未成熟即夭折”，甚至想回乡与一切隔绝，以试着恢复写作能力。[2]这种“隔离”疗法，他在抗战时的昆明、新中国成立初的北京都曾使用过，但现在手头有太多无法也不愿割舍的工作。

这也是沈从文准备服装史研究的第四个年头，恰巧周恩来总理正希望编印一本历代服装图录赠送给国宾。文化部副部长齐燕铭因对沈从文的事业有所了解，便向周总理推荐他。12月，编撰工作开始，沈从文担任主编，配有助手。次年4月，中共中央书记处书记康生为《中国古代服饰资料》题名，中国科学院院长郭沫若作序。6月，文物局局长王冶秋审查，指示争取国庆前出版。9月，书稿的浩大工程已完成，200幅历代服饰图片和

[1] 沈从文:《沈从文全集》第21卷，第245、254页。

[2] 同上，第348页。

20万文字说明已交付出版社。可是政治形势突变，需要对全书进行修改以符合政治要求。然而，“四清”运动开始，编辑工作暂停。“文革”中出版社被解散，本书的画稿只剩被工人师傅保护住的依据原稿制成的玻璃板，文稿也差一点就送去造纸厂作废品处理——凝结着沈从文心血和愿望的《中国古代服饰资料》险些毁去！

1965年，给张兆和弟弟张宗和信中，沈从文自觉要为国家而保护身体。这时候，他的血压收缩压在190至200间。沈从文担心的是，目前的工作方式靠记忆，人死之后一切都没有了，对这个迫切需要建设的国家而言“不经济”。[1] 他还写信给北京市副市长王昆仑，建议抢救性保护《大藏经》。他希望在有限的生命中能够发挥更大作用——多教年轻人。这些年里老熟人们依旧是名作家，对比自己的文物工作，沈从文难免觉得孤立，又觉得生命离奇。日本汉学家松枝茂夫来信，想翻译沈从文的全集，沈从文未与回应。第二年年初，沈从文托程应镠到上海的旧书店中买自己的文学旧作。

1966年“文化大革命”爆发，沈从文被批斗亦陪斗，家中被抄三次，养女沈朝慧被注销户口，沈从文被安排打扫历史馆内男女厕所。最始料未及的是，沈从文多年来爱护有加的学生范曾，竟成为大字报中揭发自己罪状火力最猛之人，且多为编

---

[1] 沈从文:《沈从文全集》第21卷，第436页。

造之辞。沈从文非常气愤，写下大字报作为反驳。另一张大字报中，沈从文表达了珍惜有限生命时间继续工作的希望。“文革”前一年写出而未发表的论文被查抄，沈从文只好在签条上写下微弱而恳切的请求：“这个问题有用，盼望莫毁去”。[1]经专案组调查，沈从文是反动学术权威和“反共老手”。十余年来的文物工作和之前已有的创作及政治态度，均成为历史罪行，费心费力而未能出版的《中国古代服饰资料》即为其中一棵歌颂帝王将相、才子佳人的“大毒草”。被台湾当局当作帮助共产党的“反动文人”，又在“文革”中成了“反共老手”，沈从文哭笑不得。

三间住房被分出两间给工人，多年来累积的图书资料散失。沈从文为国家文物工作的暂停而惋惜，平生回忆中也感慨自己竟在创作和文物研究上两次学习，而两次都突然报废！写检查已成为家常便饭，又被抄家几次，拼命尽义务却被批评有野心，到1969年他才被“正式解放”。虽然身体不好，心中不平，政治上也面临问题，沈从文仍然感觉到自己生命中积存着需要消耗的能量。他认为自己有再一次改业的能力，萌生出再写新短篇的念头，可是信件、作品等都被历史博物馆“代为消毒”，自然规律上体力和心脏功能的缺陷又制约着自己，沈从文觉得这一希望被连根拔除。没有重新寻找希望的喘息时间，这年，张兆和与沈从文先后下放咸宁“五七干校”。没有商讨的余地，沈从

[1] 沈从文:《沈从文全集》第28卷，第231页。

文离开北京前做了死于他乡的准备。

1970年，大哥沈云麓在老家病逝。此时，沈从文已几经折腾转到环境更为恶劣的湖北双溪。四十几度的酷暑和湖边常年的潮湿对这位近70岁的老人很不利，“近血压还是二百”，“心脏一醒后即痛”，医生认为他“不宜劳动”，但他并不停歇，认为自己还可以将经验转到新工作中去，并希望能够争取时间，将《中国古代服饰资料》的20万字说明清样抄出，“对国家有个交代”。[1] 在缺乏资料的境况下，沈从文凭记忆继续着物质文化史研究，并尝试苦中作乐写具有时代气息的新五言诗。1971年，沈从文、张兆和又迁往丹江，冬天，沈从文在小纸片上写下杂记《从针刺麻醉中得到一点启发》，回忆每每“沙上建屋，随潮必毁”，评价自己作为小小说明员“妄参末议”“愚不可及”。[2] 年底，在咸宁医院住院二十天。

十二、“交付于天”

1972年沈从文70岁。2月，他给周恩来总理写信，希望回京做研究工作。由于《中国古代服饰资料》出版需做准备，他在返京治病后以不断续假方式留下。他希望70岁以后还可用有限生命完成《工艺美术史》《简明陶瓷史》《漆工艺史》《丝绸

[1] 沈从文:《沈从文全集》第22卷，第365页。

[2] 沈从文:《沈从文全集》第27卷，第385、386页。

美术史》，并写些论文。4月，接有关部门要求，要将《中国古代服饰资料》20万字文稿压缩至5万，因为需用的图书和卡片都毁于“文革”，一切需凭记忆，沈从文感到效率低下。而居住空间的狭窄也对他的工作造成影响。他痛苦于当前局势——知识、力量、责任感、壮志和雄心“各在相似而不同消耗等待中，矛盾重重中，还在继续消耗。……或许还有更大的痛苦，在不以人们意志为转移的趋势中而存在，而发展？”。[1]他勉励妻子张兆和不要悲观，而用积极的爱国热忱影响周围人；鼓励儿子沈虎雏要对国家有长远信心，为国家未来而沉心学习一二十年。他告诉程应镠要爱本业，不要陷入小小个人得失。这年，他与还处在政治敏感中的巴金、陈蕴珍通信，使巴金夫妇获得极大安慰。此时，美国已出现华裔女作家聂华苓用英文写的《沈从文评传》，是第一部沈从文评传。

1973年，沈从文分析形势，认为自己这块“垫脚石”可能被作为人事上的“绊脚石”被踢开，决定必要时进行第三次改业，绝不荒废时间。此时，他因为工作学习的热情而恢复了精神上的年轻，体力也因此得到改善，他认为自己可以在工艺生产方面“古为今用”。这种年轻支持着他，次年7月，这位72岁兼有心脏病和高血压的老人竟爬黄山而不觉累，反觉得应用文学感染“以百十万计的情绪在消沉衰退中的青年”。[2]

---

[1] 沈从文:《沈从文全集》第23卷，第175页。

[2] 沈从文:《沈从文全集》第24卷，第152页。

1975年初，经人介绍，王亚蓉成为他的助手。由于单位不支持，沈从文给予个人资助，半年后帮她调入社科院考古所工作，让她业余来家中协助绘图。王亚蓉初到他家，发现“十二三平米的小屋，架上是书，桌上是书，地上堆的还是书。四壁凡身手能够到的地方全贴满图片和字条，……床上堆的也全是书”。[1] 协助沈从文的，还有1953年在历史博物馆听讲解的那位王㐨。夏天，沈从文在馆中又见到范曾，指出画中的错误，不料竟当场被范言语羞辱。秋天，在40年代批判过沈从文的许杰与他取得联系，沈从文对当初的事情不以为意，热情相待。他正在忘我、无我地将自己奉献给工作。

1976年，周总理逝世，沈从文责怪自己未能在总理有生之年将《中国古代服饰资料》正式出版。运动似乎不会休止，正在改变和消耗人们的生命，他只能拼命忘我工作来压制内心的痛楚。他感到自己几十年来的努力又将要毁去了，但即使毁去，不能再从事文物方面事业，沈从文依然要改业，回到文学。同时，他痛心于年轻人世故而不努力求知的普遍特点，这种把心用在人事关系上的投机取巧，与他一贯的态度相左。结合这点，沈从文希望在不能再进行文物研究时，为启发教育年轻人仍旧要写那本回忆录，要50万字！他的身体在心情和工作的消耗中，

---

[1] 王亚蓉:《沈从文晚年口述》，西安：陕西师范大学出版社，2003年，第194页。

又变差了。唐山地震后，为避震和养身体，沈从文举家回苏州张家。

10月，“四人帮”被粉碎，标志着“文化大革命”终于结束，沈从文受到鼓舞。1977年，他不顾亲友挽留，在地震的威胁中回到北京工作，健康水平下降。由于房子过小，五年间多与张兆和分居两处。为方便查阅资料和照料家人，沈从文写信给中央统战部部长乌兰夫，希望解决住房困难，未果。1978年，在时任中国社科院院长的胡乔木帮助下，沈从文由中国历史博物馆调往中国社科院历史研究所工作。狭窄的宿舍中常常有人请教问题，1979年，张兆和曾以“内有病人，谢绝来客”的纸条贴于门上，甚至写“主人患严重传染病”，也不能阻挡来客。[1]胡乔木要给沈从文让房，沈从文的住房问题得到了多人关注。尽管丁玲等人居住着宽敞高级的房子，中国社科院能配给沈从文的一套新宿舍，还是只有36平方米，无法满足工作需求。10月起，社科院只好在友谊宾馆包房做临时工作室，《中国古代服饰资料》就在这里完成整理补充。后来此书更名为《中国古代服饰研究》，定稿后第二次交付出版社，等待印刷出版。在沈从文的坚持下，书中保留了“文革”前周总理审阅时的体例，新材料以插图形式补充进去，沈从文以此纪念总理。

沈从文在信中对虎雏说，书的出版和房子的事，都“交付

---

[1] 沈从文:《沈从文全集》第25卷，第440页。

于天”。[1] 实际上，书的出版果然又经历了一番波折。沈从文希望此书由中国的出版社独立出版，坚决不与国外出版商洽谈。这个理所当然的简单愿望，实现起来却并不易，两次从与日本合作的出版社撤回书稿，1981年《中国古代服饰研究》才终于转由商务印书馆香港分馆成功出版。一出版即轰动海内外学界，当年台湾即出现了此书的盗印本，外国出版社也来多次寻求翻译本的出版机会。这时，周总理已逝世五年，离总理提出此事已过去十七年，恐怕当初没有人会预料到这部书竟如此命运多舛。沈从文签名给邓颖超送去一本。而住房，在1986年才得到解决，彼时84岁的沈从文已因病失去在房中摊开资料的行动能力。

十三、“回到故乡”

文学史上，虽然美国华裔学者夏志清的《中国现代小说史》对沈从文有很高评价，但国内王瑶《中国新文学史稿》、丁易《中国现代文学史略》皆持否定态度，直到20世纪70年代末，沈从文才重受国内研究者的关注，夏志清的《小说史》被翻译成中文在香港出版，香港司马长风新写的《中国新文学史》也认可了沈从文。这时虽然北大等九院校所编的《中国现代文学

[1] 沈从文:《沈从文全集》第25卷，第440页。

史》中对沈从文的评判仍然有失公允，但新一代学人中，北大中文系硕士生凌宇正撰写研究沈从文的论文，上海师范学院中文系学生邵华强也编出《沈从文研究资料汇编》。

可是，沈从文的态度是犹豫的，多年来的政治风波使他担心为自己说话的人，怕这会在以后给他们带去灾难。1980年3月，丁玲突然在《诗刊》上严厉批判沈从文20世纪30年代发表的《记丁玲》中的内容和动机。即便如此，国内的“沈从文热”依然在继续，5月，《花城》发表“沈从文专辑”，《从文自传》《一个传奇的本事》也重新校改刊载。那一年，一些外国研究者慕名前来拜访，其中便有三年前以《沈从文笔下的中国社会与文化》取得美国哈佛大学博士学位的金介甫。

10月起，沈从文受邀赴美，到次年2月间，在耶鲁、哈佛、普林斯顿、斯坦福等15所美国大学做了23次演讲，并参观博物馆，会见老友。演讲主题一个是20世纪20年代中国的文坛，另一个是文物研究。沈从文认为自己“在适应环境上，至少作了一个健康的选择”。[1]

回国后，他仍然在狭小得只有一个座椅的房间里克服困难接受海内外访问。1982年，沈从文去湖北考察了马山楚墓新出土的丝织物等，还在黄永玉夫妇等人陪同下重回湘西凤凰老家，将《沈从文文集》的1万元稿费捐给母校文昌阁小学用于教学环

[1] 沈从文:《沈从文全集》第12卷，第389页。

境的改善。

1983年2月，沈从文为《边城》剧本提写改评意见，他想夏末秋初间再回一次老家，坐上小船，为凌子风这部抒情诗般的电影出点主意，并记录将因水利大坝建设而消失的湘西风景。他的路线设想是，从茶峒坐船到酉水中流王村，越过凤滩大水坝，走完酉水，还下沅水，到桃源为止。可是，3月沈从文即出现脑血栓前兆，此后因病情加重而住院，出现偏瘫。

1984年，国内唐弢主编的《中国现代文学史简编》已对沈从文持肯定态度。德、美、日、荷兰及国内的艺术家和学者前来拜访，也与他有书信上的往来请教。他因供血不足入院治疗三个月。1985年，凌宇《从边城走向世界》出版。外国的采访、出版还在继续，沈从文得知社科院考古所的好友夏鼐突发脑出血去世，感到时间的紧迫，病中急电王㐨回京，为的是嘱谈《中国古代服饰研究》的增补工作。1986年，吉首大学成立沈从文研究室。他已不能执笔，改由口述方式工作。因肺炎住院。1987年，他再次因肺炎住院。美国出版了金介甫的《沈从文史诗》(后中译本改名《沈从文传》)。1988年，沈从文劝阻凌宇等人为他办学术会议，不希望被宣扬。

1988年5月10日，心脏痛、好冷，沈从文停止了工作，享年86岁。回到凤凰，沱江之畔、听涛山下，黄永玉在沈从文墓旁立碑："一个士兵，要不战死沙场，便是回到故乡。"

十四年后，《沈从文全集》在多人共同努力之下出版，将一个人三十年文学创作、四十年文物研究的信念和能量留给世界。他的学生、古丝绸修复专家王亚蓉针对物质文化史研究领域的建设，提出“中国需要更多的沈从文”。[1]

世界上只有一个沈从文。近三十年过去了，中国的确需要更多的沈从文。

（中文版收入上海交通大学出版社《全球视野下的沈从文》，由金介甫英译收入Routledge 出版社 *The Routledge Companion to Shen Congwen*）

主要参考文献

[1] 沈从文:《沈从文全集》，太原：北岳文艺出版社，2009年，第二版。

[2] 沈从文遗稿、沈虎雏整理 :《一点记录——给几个熟人》，《新文学史料》2014年第4期，第4—12页。

[3] 王亚蓉 :《沈从文晚年口述》，西安 ：陕西师范大学出版社，2003年。

[4] 王亚蓉 :《章服之实 ：从沈从文先生晚年说起》，北京 ：世界图书出版公司北京公司，2012年。

[1] 王亚蓉:《沈从文晚年口述》，第218页。

[5] 吴世勇:《沈从文年谱》，天津：天津人民出版社，2006年。
[6] 沈虎雏 :《沈从文年表简编》，见《沈从文全集》附卷（资料·检索），太原 ：北岳文艺出版社，2009年，第二版。
[7] 邵华强 :《沈从文研究资料》，北京 ：知识产权出版社，2011年。
[8] 刘洪涛、杨瑞仁 :《沈从文研究资料》，天津 ：天津人民出版社，2006年。
[9][美] 金介甫 :《沈从文传》，符家钦译，北京 ：国际文化出版公司，2005年。
[10] 凌宇:《沈从文传》，北京：北京十月文艺出版社，2003年。
[11] 吴立昌 :《人性的治疗者 ：沈从文传》，天津 ：百花文艺出版社，2013年。
[12] 张新颖 :《沈从文的后半生 ：1948～1988》，桂林 ：广西师范大学出版社，2014年。
[13] 李辉 :《沈从文图传》，武汉 ：长江文艺出版社，2006年。
[14] 黄永玉:《沈从文与我》，长沙：湖南美术出版社，2015年。
[15] 张新颖 :《生命流转，长河不尽 ：沈从文纪念集》，太原 ：北岳文艺出版社，2015年。
[16] 张新颖 :《沈从文九讲》，北京 ：中华书局，2015年。

文
景

Horizon

社科新知　文艺新潮

漫游与追迹

丁茜菡 著

出 品 人：姚映然
责任编辑：卢　茗
营销编辑：杨　朗
装帧设计：安克晨

出　　品：北京世纪文景文化传播有限责任公司
(北京朝阳区东土城路8号林达大厦A座4A　100013)
出版发行：上海人民出版社
印　　刷：山东临沂新华印刷物流集团有限责任公司
制　　版：南京展望文化发展有限公司

开 本：890mm × 1240mm　1/32
印 张：8.00　　字 数：132,000　插 页：2
2025年1月第1版　　2025年1月第1次印刷
定 价：63.00元
ISBN：978-7-208-19190-7 / I · 2178

图书在版编目（CIP）数据
漫游与追迹 / 丁茜菡著. -- 上海 : 上海人民出版社, 2024. -- ISBN 978-7-208-19190-7
Ⅰ. I206.7-53
中国国家版本馆CIP数据核字第20249Y32Z4号

社科新知 文艺新潮 | 与文景相遇